AF142396

Editions BOD

Décembre 2017

Christophe Stener

Vendanges tardives 1956

Roman contemporain

BOD

Edition : BoD - Books on Demand
12/14 rond-point des Champs Elysées, 75008 Paris
Imprimé par Books on Demand GmbH, Norderstedt, Allemagne
ISBN : 9782322101184
Dépôt légal : décembre 2017

A tous ceux qui risquent leur vie en mer
pour sauver d'autres vies

Chapitre UN

Mare nostrum

Octobre 2017

Les trois cents chevaux déployés par les deux moteurs Honda du Zodiac de l'ONG Mare nostrum *i* luttaient contre la houle qui les repoussait des côtes de Lybie. Les trente premiers milles marins étaient les plus périlleux pour les réfugiés embarqués sur des barcasses de pêche propulsées par un moteur de voiture bricolé qui calait parfois quand il ne tombait pas en panne d'essence. Les passeurs ne remplissaient qu'au tiers les jerricans d'essence comptant sur les bateaux de la force Triton pour récupérer les bateaux à la dérive. C'était un jeu de la roulette russe dantesque. Un bateau sur dix ou vingt, personne n'en avait le nombre exact, s'abîmait renversé par une vague trop haute ou flottait, comme une baleine morte, quelques rescapés accrochés aux bastingages de ces radeaux de la Méduse *ii*. Les trafiquants d'homme avaient empoché les milliers de dollars payés par ces cohortes d'Ivoiriens, de Maliens, d'Erythréens et Soudanais et de bien d'autres nationalités encore, qui pour certains fuyaient une mort proche dans leurs pays dévastés par les guerres civiles pour une mort lointaine, mais non certaine, sur les eaux de la Méditerranée, et qui, pour d'autres, cédaient au mirage de l'eldorado européen. Les hommes de main, un ramassis de sicaires du régime abattu de Mouammar Kadhafi, de pécheurs reconvertis au métier bien plus lucratif de naufrageurs, de soldats sans solde et de purs mafieux, avaient violé les femmes les plus jeunes, prélevé quelques hommes jeunes et forts pour les vendre sur les marchés aux esclaves improvisés du port de Tripoli, et jeté ce bétail humain sur les flots démontés. La mer Méditerranée, furieuse, prélevait sa dime sur la folie humaine.

Christine, agrippée à la corde du plat-bord, ses cheveux gris trempés de pluie mêlée d'embruns, ne pouvant s'empêcher d'admirer la beauté de la mer en fusion qui bouillonnait, se creusait et bouchonnait le canot dont les moteurs, hors d'eau, hurlaient un instant avant de replonger en bouillonnant de colère dans les eaux brunes. Le spectacle était dantesque. John, le capitaine irlandais, donnait des coups de barre pour prendre les vagues les plus hautes de biais tentant d'esquiver ce qu'il appelait, sans humour, les montagnes russes. Il hurlait quelques ordres brefs au pilote qui était, à la proue, fouillait du regard la confusion aqueuse, à la recherche d'un bateau en détresse. Les nuits d'été, les naufragés, par mer calme, dérivaient dans l'immensité, allumant leurs téléphones portables, pour ceux qui n'en avaient pas été dépouillés et ces faibles lucioles étaient leur seul fil de vie. Mais en octobre les flots démontés ne laissaient que quelques heures d'espoir à une embarcation sans moteur, surchargée d'hommes et d'eau embarquée, avant que la houle ne la renverse. C'était un labeur sans fin. Les damnés de la Mer *iii* tentaient le passage par la mer vers l'île de Lampedusa, distante de seulement 292 kilomètres, et de là la terre promise d'Italie, sachant que les passeurs les abandonneraient, dès les côtes disparues pour repartir à bord de semi-rigides équipés de moteurs flambant neufs pour aller embarquer une nouvelle cargaison humaine. Ils mettaient leurs espoirs dans le secours des navires de la force Triton. Une fois transbordés sur les navires patrouillant les eaux internationales, leurs tourments, ils le croyaient, seraient achevés. Chacun se racontait, pour se rassurer, l'histoire colportée jusqu'au village le plus reculé d'Afrique, d'un cousin qui avait trouvé un havre là-bas, de l'autre côté des mers et qui avait envoyé l'argent pour se faire rejoindre par femme et enfants.

La violence des éléments, la mer furieuse, le vent glacial qui la gelait malgré la parka marine et le gilet de sauvetage, la violence des hommes qui l'avait menée là, elle qui, jeune, avait été une voileuse, monitrice aux Glénans, tout cela l'apaisait. Elle ne ressentait plus que son corps meurtri, bousculé, pris à parti par la lutte du bateau avec les flots furieux. Le calme de John la rassurait. Il avait les yeux tristes, d'une couleur changeante comme la mer. Il ne riait jamais mais souriait tristement quand ils rentraient d'expédition après avoir pêché des hommes *iv* comme il disait, détournant la formule christique. Lui aussi, il hébergeait un fantôme ; un drame l'avait conduit là à risquer sa vie pour celle des autres. Les militants de l'association Mare nostrum, pudiques, gardaient secrets les raisons qui leur avaient fait quitter le confort des villes d'Europe pour le désert salé. Seuls quelques jeunes, activistes écolos ou anarchistes reconvertis, péroraient sur leurs motivations, l'ordre du monde, les puissants, les salauds… Christine, elle, ne faisait pas de politique. Elle ne prétendait pas changer le monde ; elle cherchait seulement à s'oublier et à se faire oublier du monde. L'humanitaire était son refuge, sa cachette, son exil, sa thébaïde. Anachorète, c'est vivre sans famille, sans toit, seul avec sa peine, c'est une forme de suicide calme, doux, lent. Mystique, elle aurait pu chercher Dieu mais, comme certains Juifs rescapés d'Auschwitz avaient perdu la foi, n'ayant pas comme Job dépassé cette aporie terrible d'un Dieu qui frappait les Justes, le Mal qui l'avait tué au bonheur l'avait détaché du monde mais ce n'était, à la différence du nirvana promis pas le bouddhisme, pas une absence de joie et de peine, c'était un sentiment de vide, de plomb fondu qui lui coulait dans les veines. Damnée, elle s'abandonnait à ce labeur humanitaire pour s'interdire de crier sa peine.

John consulta le GPS du bateau pour vérifier leur position. Dans une dizaine de minutes, il devrait, à l'estimé de leur réserve d'essence, abandonner leur patrouille pour rejoindre leur base de Sfax en Tunisie. La mer était trop forte. Le vent de force 7 'grand frais', menaçant 8 'coup de vent', avait dissuadé jusqu'aux négriers de prendre la mer de peur pour leur propre sécurité. Peur de ne pas pouvoir rentrer au port, peur de ne pouvoir échapper aux navires de haute mer qui traquaient ces pirates modernes. C'est à ce moment que le pilote hurla : « Navire à 3 heures ! ».

Christine tendit son regard sur le tribord du bateau dans la direction indiquée par le matelot. Les crêtes des vagues marquaient à peine l'horizon délayé de gris acier et de sépia, qui lui semblait un de ces lavis peints par Victor Hugo à Guernesey. Les creux dévoilèrent un instant une barcasse, qu'agitait tel un ludion, le tapis roulant des vagues précipitées. L'image de La vague, l'estampe de Hokusai, vingt à l'esprit de Christine au spectacle de l'embarcation qui disparaissait puis reparaissait derrière une déferlante. Christine se reprocha ces références artistiques en ces circonstances tragiques, réalisant alors qu'elle était à la fois complètement impliquée dans cette mission de sauvegarde de naufragés et étrangère à ses propres sentiments, dédoublée en quelque sorte par la dureté causée par son immense douleur propre, anesthésiée, incapable de partager les souffrances des autres hommes par son égotique dol. Le dol, une unité de mesure de la douleur créé en 1945. Cette lucidité à évoquer des références culturelles et scientifiques en plein drame humanitaire lui fit honte. Christine décida alors de démissionner de Mare Nostrum et rentrer en France, dès leur retour à la base, car elle ne supportait plus ce qu'elle qualifiait d'hypocrisie, sa présence non engagée ; elle trahissait la confiance des autres militants de l'association, elle occupait indûment une place qu'il lui fallait abandonner pour un(e) autre plus sincère, plus empathique. Sa décision atténua la honte qu'elle ressentait à son coupable détachement mais lui laissa un goût de fiel car elle se sentit encore plus vide de tout amour. Christine ne s'aimait plus ; elle ne pouvait aimer les autres parce qu'elle avait perdu son grand amour, son seul amour.

Pendant ces réflexions, John avait manœuvré vers l'épave à la dérive. Des bras se levaient dans le jour qui tombait, des cris dans des langues inconnus, des pleurs d'enfants maintenant audibles. Ils étaient peut-être vingt ou vingt-cinq naufragés. Le Zodiac ne pouvait embarquer qu'une dizaine de personnes. John ordonna au matelot de prendre la barre et saisit son téléphone satellitaire pour alerter le navire de la force Triton en patrouille quelque part pour leur demander un renfort sur zone. La communication s'établit rapidement avec un interlocuteur au fort accent italien. Dans le crépitement, John donna la position indiquée par le GPS sachant que le courant allait en quelques minutes les éloigner mais le capitaine de l'aviso saurait calculer une estimation de la position de l'embarcation au vu des vents et du courant. Son interlocuteur indiqua ne pouvoir rejoindre la position avant deux heures de temps car il était au large de la côte italienne. Cela laissait une chance, une faible chance car la nuit tombait. John prit sa résolution : sauver dix femmes et enfants et abandonner les hommes, mais aussi des femmes et des enfants à leur sort. Impossible de prendre en remorque le navire chargé de mer. Se mettre à couple avec l'embarcation et se laisser partir au gré du vent les aurait éloigné de la côte tunisienne qu'ils ne pourraient plus alors la rejoindre mettant en danger la vie de son équipage et celle de la dizaine de rescapés qu'il pouvait maintenant, mais maintenant seulement, sauver. Il devait faire ce choix terrible de dix vies à sauver.

Le matelot lança un bout au bateau en panne de moteur. Les rescapés étaient épuisés. Depuis combien d'heures voire de jours avaient-ils dérivé ? Des corps étaient affaissés sur les plats bords, sans mouvement. Un homme pourtant réussit à attraper la corde et à l'arrimer. John mit ses moteurs au point mort et cria en anglais : « Who speaks english on board ? ». Un homme lui répondit. Un jeune homme qui parlait un anglais surprenamment bon. Son accent était oxfordien ! Christine savait que parmi les réfugiés il y avait des paysans, des déshérités mais aussi des cadres éduqués, des proscrits politiques. L'inconnu comprit sans peine la situation. Se tournant vers le reste des passagers, il leur traduisit les paroles de John. Ils ne se révoltèrent pas. Les hommes embrassèrent leurs femmes et leurs enfants et leur ordonnèrent d'avancer vers la vie. Certaines femmes pour sauver plus d'enfants décidèrent de rester à bord aussi. John embarqua les huit enfants du bateau des réfugiés et deux femmes. John transborda au bateau la moitié de ses feux de détresse, expliquant du geste au traducteur comment les allumer. Il lui fit passer également une lampe tempête, un bidon d'eau et les rations dont il disposait. Il donna l'ordre de larguer, se libérant de l'autre bateau, quand l'un des corps inanimés sur le bordage de l'autre bateau bascula, emporté par un paquet de mer. Christine sans réfléchir se précipita à l'eau pour agripper le corps et le maintenir grâce sa propre gilet qui, autogonflant, s'était, en un instant, empli d'air. Le traducteur lui lança le bout qu'elle réussit à attraper d'une main, se laissant hisser à bord avec le noyé. John suivit la péripétie attendant qu'elle soit montée à bord avant de revenir se mettre bord à bord. Il lui hurla de remonter à bord du Zodiac. Christine refusa. Il lui en donna alors l'ordre. Elle refusa à nouveau calmement, lui souriant tristement et faisant signe à une des femmes de monter à sa place sur le Zodiac. John comprit qu'il ne pourrait pas l'obliger à se sauver. Il lui donna alors le téléphone UHF de secours en lui souhaitant bonne chance, appela à nouveau le capitaine du bateau de la force Triton lui signalant la nouvelle position du bateau des réfugiés et lui indiquant qu'il y avait à bord une française, membre de l'association, espérant qu'il allait pousser les feux pour rejoindre plus rapidement la zone. Il fit un signe de la main à Christine et prit le cap de la côte tunisienne.

Christine se laissa tomber au milieu des réfugiés. Le corps qu'elle avait sauvé des eaux était celui d'un adolescent africain, pieds nus, qui ne portait qu'un jean et un teeshirt marqué Emirates – PSG, son plus beau, celui qu'il avait acheté avec ses quelques économies pour entreprendre son périple de son village, celui qu'il portait dans l'espoir que cela le rendrait sympathique aux européens qui le recueilleraient. Il avait environ quinze ans ou peut-être plus tant sa maigreur dissimulait son âge réel. Secoué par les autres, il cracha de l'eau de mer. Il était vivant. Christine le prit dans son giron, maintenant sa tête dans son coude. Mater dolorosa, elle pleura en silence la douleur de son enfant perdu. La nuit tomba sur la mer qui forcissait encore.

Chapitre DEUX

Sugar daddy

Samedi 24 Juin 2017

Quand Virginie avait vu, début juin, la caravane publicitaire du site SugarDaddy *v* garée devant l'entrée de l'école d'ingénieurs en informatique où elle attendait Quentin, elle en avait lancé à sa meilleure amie, une black métisse très délurée qui aimait bien la choquer avec des questions salaces sur les 'préférences' de son copain. « C'est pour toi, Zéphirine, qu'ils sont là ! ». La créole avait ri, laissant planer un doute, ne s'offusquant pas de cette pique, mais rétorquant : « Tiens, voilà ton sucre d'orge à toi ! » en désignant Paul dont la trop haute silhouette semblait tanguer tant il avait une démarche chaloupée et empruntée dans la presse des étudiants. Paul replia ses deux mètres cinq pour faire la bise à la rieuse qui les abandonna en disant : « Tchao les amoureux ; on se voit à la pause de midi ! ». C'est seulement quand elle fut partie qu'il posa un chaste baiser sur les lèvres de Virginie.

Virginie repensait à cette scène quand elle prit le métro pour son premier, et elle s'était jurée, unique, rendez-vous arrangé par un site de prostitution estudiantine. Elle se doutait que le client n'aurait pas le physique d'éphèbe de la réclame. Ce n'était pas *Cinquante nuances de grey* vi qu'elle rejouait mais une passe. Une passe qu'elle avait décidée pour pouvoir offrir une édition du premier tome de *La recherche du temps perdu : Du côté de chez Swann* dans la Pléiade, à Paul qui en rêvait pour son anniversaire. Boursière, elle aurait été bien en mal de lui faire un cadeau de ce prix. Le tarif convenu était de 200 € en cash avec, suggérait le site, des « extras » possibles selon « la qualité du contact ». Le site promettait des « Rapports mutuellement profitables », qu'en termes galants, ces choses-là sont mises vii ironisa tristement Virginie. L'édition de la Pléiade, elle l'avait repérée sur Amazon. Une « occasion, très bon état » qui n'avait pas trouvé preneur depuis trois mois ; elle avait peur de la voir disparaître du site ; après bien des hésitations, elle avait décidé de sauter le pas ce soir. Avec ce qu'il lui resterait de l'achat, si comme elle l'espérait personne ne surenchérissait, elle s'était promise de s'acheter des dessous nefs chez Etam, rien de luxueux mais elle avait honte de ses slips usés d'avoir été trop lavés et de son soutif sans formes. Elle avait un peu honte aussi de sa peau luisante d'un excès de kebab-frites. Bien sûr, Paul la trouvait belle malgré cela, avec ses points noirs et son début de cellulite mais elle se voulait plus belle pour lui. Elle pensait très fort à la joie qu'il aurait de lire Proust sur du papier bible avec des notes savantes, pour ne pas faire demi-tour. Il lui faudrait tout son amour pour ouvrir les cuisses tout à l'heure, pensa-t-elle trivialement. Comment serait le type ? Sa trahison était vaguement incestueuse car il était fort probable qu'il aurait l'âge de son père. Elle repensa à la scène du film Klute *viii* ou Jeanne Fonda simule des râles de plaisir en consultant sa montre pendant que son client s'active entre ses cuisses. Elle se sentait déjà sale, souillée, humiliée. Par esprit de contradiction, et espoir secret d'éteindre les ardeurs du client, elle n'avait pas mis de robe sexy mais un jean et un sweat à capuche avec même une casquette siglée NY.

Le type lui avait donné rendez-vous au bar d'un hôtel IBIS situé près de la gare de Lyon. « J'aurais le Figaro à la main » avait-il précisé sur la messagerie anonymisée où il utilisait le pseudo de Romeo123456 ce qui dénotait le manque d'imagination de tant de mâles en rut et un ego puissance 6. En plus, il serait allé jusqu'à 7, il aurait pu se la jouer « James, James Bond » *ix,* avait-elle pensé. Son pseudo à elle, c'était Rosa ; elle l'avait choisi par référence à Rosa Luxembourg, la révolutionnaire spartakiste, mais elle réalisait à l'instant que madame Rosa c'était le nom de la vieille pute du roman La vie devant soi *x*. Un pseudo emprunté à un pseudo, un vrai dédale, ironisa-t-elle in petto.

Le type au Figaro était bien au bar, à l'heure dite. C'était le seul client du bar en cette après-midi. Il a probablement réservé une chambre à l'étage sur internet, pensa Virginie. Une passe dans un hôtel de passe. La jeune fille était étonnamment lucide, détachée. Elle se voulait observatrice de sa propre dépravation pour ne pas s'impliquer. Il l'avait vu entrer par le hall et déjà déshabillé du regard comme un maquignon. Il lui sourit avec l'aisance d'un VRP et lui offrit un verre. Elle lui demanda ce qu'il buvait.

- Whisky. Répondit l'inconnu.

Elle commanda un gin tonic, histoire d'avoir l'air 'dessalée'. L'alcool lui monta immédiatement aux joues car elle était à jeun depuis le matin. Il sembla s'en rendre compte et s'en amuser. Il parlait non pour converser mais pour se donner le temps d'observer sa proie. Sa voix était enjôleuse. Virginie pensa à l'hypnotique timbre de Kaa, le serpent du Livre de la jungle qui chantonnait à Mowgli « Aie confiance ! » *xi*. Il fallut bien qu'elle finisse son verre enfin.

Il lui demanda alors : « On y va ? » Se leva et laissant un billet sur la table il ramassa la note qu'il rangea précautionneusement dans son portefeuille. Il se dirigea vers la sortie. Virginie fut déstabilisée par ce départ réalisant qu'il l'emmenait ailleurs mais où ? Le rendez-vous dans le hall n'était qu'un test, une évaluation lui permettant de décider d'acheter ou non. Si la fille ne lui plaisait pas, il en était pour un apéritif que le libidineux faisait passer en frais professionnels.

- Où va-t-on ? Osa-t-elle demander.

- Chez moi. Répondit benoitement l'inconnu.

- Il faut croire à la publicité ma belle. Sugar Daddy, cela veut dire que vous êtes traitée comme une dame. Vous pourrez envoyer l'adresse par un sms si vous êtes inquiète mais, croyez-moi, vous ne risquez rien. Mon identité réelle est connue du site Sugar daddy et si demain on vous retrouve découpée en morceaux, ils sauront me retrouver. Blagua-t-il.

Envoyer un sms, oui mais à qui ? Pas à ses parents. Pas plus à Paul. Ok, je ferai semblant de faire un sms par sécurité, décida-t-elle.

Dix minutes dans un coupé Mercédès les conduisirent à un parking souterrain. Assassinée ou violée dans un parking, un grand classique, fantasma un instant Virginie qui se rassura un peu à l'idée de la bombe anti-agression qu'elle avait mise dans son sac. Il la précéda dans l'ascenseur qui les conduisit au cinquième et dernier étage d'une résidence d'un bon standing à en juger par l'ascenseur. Le penthouse occupait tout le dernier étage. De la terrasse, on apercevait le chœur de Notre-Dame. Virginie n'était jamais venue dans un appartement d'un tel luxe. Le sol était en marbre. Des divans formaient quinconce avec une grande table de verre sur un vaste tapis de laine blanche. Sur la table de verre, deux verres de couleur bleutée en cristal taillé et une bouteille ambrée. Un seul bibelot, en acier brillant, décorait la table. Virginie crût à une sculpture moderne, une imitation de Brancusi, une quelconque lubie de richard acheté à la FIAC. S'asseyant sur la suggestion de son hôte, elle découvrit avec stupeur qu'il s'agissait d'un sexe masculin complet, verge et testicules, grandeur nature, un godemiché dont la taille avantageuse devait émoustiller la curiosité féminine ou pourvoir à des pannes d'érection de son collectionneur. Virginie fut plus amusée que choquée de la goujaterie de ce vieux playboy priapique qui faisait l'étalage de ses avantages. Un jeu sexuel aussi, tout était possible avec ces pervers.

Du coin de l'œil, le vaniteux observait les réactions de sa victime. C'était un jeu bien rodé, pensa Virginie. Ne rien dire et on passait pour une pimbêche. S'extasier aurait été vulgaire et non crédible. Eclater de rire pouvait être mal pris. Elle prit le parti de sembler ne rien voir.

- Connaissez-vous lesVendanges tardives ?
  Demanda le client.

- Non, qu'est-ce que c'est ? » répondit Virginie croyant à une blague salace vu l'âge de l'homme.

- Un vin d'Alsace. Un Gewurztraminer élaboré à partir de raisons cueillis très tard, avec la pourriture noble. Une sorte de Sauternes mais d'Alsace. C'est un vin sucré très délicat. Un vin capiteux. Un vin qui entête. Un vin qui aime et qu'aiment les femmes. Une ambroisie. Débita l'échanson en saisissant doucement la bouteille pour la déboucher. J'en offre à toutes les femmes que je trouve belles et vous êtes belle ma douce amie.

Il versa le breuvage dans les deux verres d'alsace, avec componction, comme un prêtre préparant l'Eucharistie.

Le vin rappela à Virginie le muscat qu'offrait sa grand-mère à Noël. C'était bon. L'alcool format une seconde vague d'ivresse dans sa tête déjà bousculée par le gin. LUI buvait à petite gorgées son verre, insistant pour la resservir.

- Il faut boire à petites gorgées, pas d'une rasade ! Reprocha-t-il puis buvant avec componction, il insista. Comme cela, vous voyez Rosa.

S'entendant appeler Rosa, Virginie tourna presque la tête avant de réaliser qu'il s'adrcssait à elle par son pseudonyme. La réalité de la scène lui apparut à nouveau. Il la faisait boire avant de la sauter. La crudité de leur rencontre tarifée lui fut jeté à la tête quand il lui dit sur le ton de la conversation :

- Il y a une salle de bains, deuxième porte à droite. Vous y trouverez un peignoir de votre taille.

Quand Virginie se fut lavée la figure à l'eau froide pour chasser les vapeurs de l'alcool, elle pensa fuir à nouveau mais elle avait franchi le Rubicon et le client ne semblait pas méchant. Pas trop gras, soigné. Pas violent. Elle garda ses sous-vêtements et enfila le peignoir dont le coton était doux au toucher, un peignoir comme on en voit dans les hôtels de luxe. Me voilà Pretty woman *xii*, se moqua Virginie pour se donner le courage de ressortir, se sentant déjà nue.

LUI était déjà installé à la table basse, en peignoir immaculé également, les resservant de Vendanges tardives. Elle décida de se réfugier dans les vapeurs de l'alcool pour ne pas trop souffrir de ce qui allait suivre. Très méthodiquement, Roméo123456 posa un billet de 200 € sous la sculpture priapique, mit, à côté de son verre, un préservatif emballé pour lui signifier qu'ils auraient des rapports 'protégés' et, enfin, une pilule bleue, du Viagra comprit-elle. Il avala la pilule bleue d'une gorgée de Gewurztraminer.

- Je suis à vous dans dix minutes, le temps que cela agisse. Commenta-t-il placidement.

Virginie se sentait autant idiote qu'humiliée, debout, emmitouflée dans sa sortie de bain attendant l'érection médicamenteuse pendant que l'autre sirotait le regard absent.

- Auriez-vous l'obligeance d'ouvrir votre peignoir et me révéler votre corps maintenant ?

Virginie se sentit un peu ridicule en slip et soutif d'adolescente dans cette immense pièce éclairée a giorno par les vastes baies vitrées. Jamais elle ne s'était dénudée ainsi, en plein jour, devant Paul qui était encore plus pudique qu'elle. Paul baissait toujours un peu l'abat-jour *xiii* avant de la prendre dans ses bras. Là, s'exposer comme Sardanapale la choquait mais l'excitait, elle se détesta pour cela, aussi. Elle prit le parti de laisser tomber autour d'elle comme un corole le peignoir, de défaire son soutien-gorge et d'enjamber son slip découvrant sa nudité.

- Vous n'êtes pas rasée, c'est encore mieux. Commenta l'homme du ton de gourmet qu'il avait employé pour vanter ses Vendanges tardives.

- Approchez ! ordonna-t-il.

Virginie approcha à petits pas, contournant la vaste table et s'arrêta à un pas de lui, un bras autour de ses seins et l'autre cachant son sexe comme Eve chassée du Paradis.

Doucement, l'homme passa son doigt le long des hanches de la jeune femme, la caressant lentement. Virginie frémissait, se raidissait puis, à sa grande honte, s'émouvait du frôlement de sa peau nue. Les joues lui brûlaient ; en sa tête la houle de l'ivresse et maintenant du désir, oui du désir mêlé de dégout, roulait. Elle se regardait, stupéfaite, se faire tripoter par cet inconnu qui aurait pu être son père, et aimer cela. Il écarta les pans de son peignoir révélant son érection et, saisissant sa nuque frêle, il la fit s'agenouiller et prendre son sexe dans sa bouche.

Le reste, elle l'oublia presque. Il semblait ne jamais devoir jouir, multipliant les positions érotiques. Elle espérait qu'enfin il allait la laisser partir mais il lui proposa un extra. Deux cent euros si elle acceptait de se faire sodomiser. Elle refusa mais alors il devint violent et la saisissant par les cheveux, il la retourna en levrette, et d'une poussée, il la surprit, entrant en elle en la faisant hurler de douleur. Virginie tentait de désarçonner l'homme qui, deux fois plus lourd qu'elle, l'écrasait en remuant son sexe en elle. Il soufflait dans son cou, lui ordonnant de se tenir tranquille, annonçant qu'il allait jouir.

En un instant, le supplice du pal s'interrompit. L'homme s'affaissa sur son dos, l'étouffant. Elle crut qu'il avait enfin joui et qu'il reprenait un instant son souffle mais il ne bougeait plus. Elle sentait son cœur à elle qui battait la chamade mais son corps à LUI semblait se refroidir. Virginie réussit à s'extirper de l'étreinte de l'homme et se redressa. L'homme resta plongé le nez en avant sur le canapé, les fesses en l'air, sans bouger, sans vie. Il était mort. Elle lui toucha l'épaule, le bouscula jusqu'à le renverser. Sa bouche révulsée et ses yeux renversés témoignaient d'une mort brutale. Un AVC comprit-elle.

Virginie se saisit de ses sous-vêtements et se rhabilla en tremblant dans la salle de bains. Que devait-elle faire ? Appeler la police ? Le scandale était assuré. Honte de sa famille. Paul dévasté. Elle prit le parti de prendre le billet de 200 € sous le pénis statufié et de quitter incognito l'appartement. Sur le site de rencontre, Virginie avait fourni seulement un pseudo via la messagerie anonymisée Telegram. Etudiante en informatique, elle avait pris soin de masquer sa trace en passant par des serveurs d'anonymisation des adresses IP. Elle était intraçable. Même un très bon expert en informatique de la police ne pourrait remonter à elle. Elle essuya avec une serviette les poignées de porte et son verre et sortit de l'appartement. Il n'y avait pas de caméra de surveillance dans l'ascenseur et son visage avait dissimulé dans le parking par sa capuche et sa casquette.

Virginie n'avait pas remarqué le signal rouge de la caméra qui, dissimulée dans une bibliothèque, avait filmé tous leurs ébats en HD.

Chapitre TROIS

Paul et Virginie
Octobre 2016

Paul, elle l'avait rencontré lors de la soirée d'intégration de la promotion 2016 de TECH, l'école d'ingénieurs en informatique qu'elle avait intégrée, plus par peur du chômage que par goût. Sa préférence aurait été de s'inscrire en Faculté de lettres modernes mais son père était usé de son boulot de magasinier dans une grande surface et sa mère au foyer effrayée de leur incapacité à subvenir aux frais de plusieurs années d'études « gratuites mais pas gratuites car cela ne te donnera pas un boulot ma chérie » comme elle disait. Virginie l'avait rassurée en lui disant qu'il n'y avait pas de chômage chez les informaticiens, que l'école ouvrait droit à des bourses et puis elle avait trouvé un job de vendeuse au Starbucks de la place Clichy.

Une soirée d'intégration c'est le terme politiquement correct pour bizutage et drague lourde. Elle le savait n'étant pas tombée du nid. Le harcèlement débutait dès l'obligation payante de s'y inscrire au risque, en cas de refus, de se faire ostraciser pour l'année entière et devenir la tête de turc des réseaux sociaux comme « mal b... ». Quelques beaux parleurs s'improvisaient organisateurs, rapidement rejoints par quelques filles délurées, prêtes à jouer les Pom-Pom girls pour avoir l'air cool. C'était une cérémonie d'initiation. Les sociétés primitives africaines scarifiaient les adolescents et les terrorisait par des épreuves de chasse, la société de l'information par des jeux qui empruntaient aux films américains pour ados un mélange de sexe et de défis idiots. Les plus gentillets concours consistaient à se jeter de la farine et des œufs à la figure mais ça c'était jugé has been car déjà pratiqué pour célébrer le bachot. Il fallait du sexe pour apaiser la testostérone des mâles α de la meute.

L'association estudiantine avait donc réservé la salle en sous-sol d'un restaurant et disposé un buffet de chips, sandwiches et des bols de sangria. Les organisateurs avaient porté le breuvage à 40 ° par l'ajout de vodkas bon marché et installé des sonos. Un DJ faisait chauffer la platine quand Virginie arriva à la soirée. Les étudiants s'étaient répartis autour de la piste de danse s'alcoolisant dans des verres en plastique. Le tabac avait été dédouané.

Un ou deux joints circulaient déjà. La fumée prit à la gorge la jeune fille, non fumeuse militante, qui fit demi-tour pour reprendre l'escalier et quitter la sauterie. Elle se heurta à Zéphirine, la seule étudiante qu'elle connaissait pour l'avoir croisée devant le panneau qui proposait des jobs d'étudiants.

- Où te sauves-tu comme cela ma belle ? Interpella la sémillante créole.

Virginie se demandait toujours comment des gens pouvaient être aussi à l'aise dans leurs corps. Zéphirine était petite, boulotte, mais rigolarde et sexy. Elle pétillait de bonne humeur et devait sentir la vanille à en juger par le superbe type qui la suivait, le nez à l'air comme un chien de chasse. Virginie bafouilla une piteuse explication. Bras dessus-bras dessous avec sa copine, elle dût reprendre l'escalier que Zéphirine descendit telle Zizi Jeanmaire, à croire qu'elle avait une plume au derrière !

La soirée débuta bientôt par un discours du Président de l'Amicale estudiantine qui annonça le programme des réjouissances : buffet à volonté, open bar, « bal » et, sur le coup de minuit, « un grand jeu surprise ! ». Virginie se promit de se faire Cendrillon et de fuir, avant le denier coup de minuit, la bacchanale promise. Elle perdit rapidement dans la bousculade Zéphirine qu'elle aperçut dansant collée serrée à son Adonis. Ils dansaient ne formant qu'un seul corps, accouplés comme des couleuvres, frottant leurs corps en sueur, de manière obscène jugea Virginie troublée pourtant par la lascivité de cette dakini *xiv* créole. Virginie sirotait un verre de punch qui lui brûlait la gorge malgré le sucre qui faisait passer l'alcool dans son sang encore plus traitreusement.

L'huile évite l'ivresse dit-on. Elle engouffra donc une poignée de cacahouètes qui lui donna encore plus soif. Elle se contraignit pourtant à boire son cocktail du bout des lèvres, comme un oiseau, comme sa grand-mère dégustant son petit verre de Muscat au Réveillon, pensa-t-elle. « J'ai vraiment l'air d'une grand-mère ! » ironisa-t-elle. Un ou deux gars vinrent la solliciter pour danser mais elle leur montra son verre pourtant vide pour s'excuser. Elle était bien décidée à jouer les plantes en pot, le temps nécessaire, et puis d'aller se coucher seule et dans son pyjama en pilou. Virginie eut recours à un stratagème pour refuser d'écrire des noms sur son carnet de bal, elle fit mine de consulter son téléphone en prétendant « attendre son copain » qui allait arriver. Au bout d'une heure, les couples d'aventure s'étaient formés et on la laissa tranquille. Un ou deux types naviguaient lentement du bar au bar, des timides comme elle ou des gays, elle ne sût en décider.

Traitreusement, de manière impromptue, à vingt-trois heures trente, Max, le chauffeur de salle, un surnom probablement car, comment oser s'appeler ainsi, avait moqué in petto Virginie : Max la menace *xv*, Max et les ferrailleurs *xvi*, Mad Max *xvii*… Max donc saisit le micro de la platine du DJ et annonça « Et, MAIAINTENANT le grAAAND jeux !!! ». Virginie se retourna pour chercher une voie de retraite mais elle était à l'opposé de la sortie et il lui aurait fallu traverser toute la piste de danse désertée sous le regard moqueur de la Promotion 2017 de TECH. Elle tenta de se rendre invisible. Max, puisque Max il y avait, annonça un « grand jeu de strip poker ». Sortant une feuille de papier de sa poche, il annonça que c'était la liste des étudiants et lut les règles du jeu : « quatre tables de quatre joueurs soit seize au total allaient être tirés au sort ; ils joueraient jusqu'à ce que trois joueurs, garçons ou filles, soient complétement nus. Chacun des joueurs porterait un numéro et les spectateurs devaient remettre avant la première donne une carte de tiercé avec trois numéros. Ceux qui auraient le tiercé dans l'ordre gagneraient une bouteille de champagne, les trois numéros dans le désordre seraient récompensés par un saucisson. L'assemblée s'esclaffa. Quelques acolytes dressèrent immédiatement quatre tables tandis que l'assistance piaffait d'excitation à l'idée d'être acteur ou voyeur du championnat de strip poker, nombre sortant leurs téléphones pour filmer la séance d'effeuillage. Les rires, francs et gras de quelques hommes, aigus et grêles de certaines filles se firent entendre.

Virginie calcula que seize joueurs tirés au sort parmi cent-vint étudiants lui donnait neuf chances sur dix environ d'échapper à ce jeu idiot. De toute façon, elle s'y refuserait et tant pis si elle devait être pestiférée pour le reste de l'année. Max indiquant que les seize noms avaient été tirés au sort « par une randomisation de la liste » donc, en bon français, au hasard.

- Le doigt de Dieu, blasphéma-t-il avec un geste obscène de l'index.

« Le doigt du Diable » pensa Virginie quand débuta l'appel des noms. Zéphyrine fut parmi les premières sélectionnées. Elle s'assit souriante, avec l'aisance d'une marquise, à la table désignée. Son cavalier fut aussi sélectionné ce qui fit douter Virginie de la sincérité du tri prétendument aléatoire. Onze noms furent appelés. Le cœur de Virginie se calma alors. Elle s'apprêtait à partir 'à l'anglaise' profitant de la presse autour des joueurs, quand elle s'entendit convoquée.

- Et notre dernière candidate : VIRrrginIE ! ».

Chacun chercha des yeux la dernière fille à devoir se dénuder sous le regard vicieux des mateurs. « Il devait bien y avoir plusieurs Virginie dans la promotion. Ce ne pouvait être elle » pensa-t-elle. Mais aucune autre fille ne réagissait. Zéphyrine la dénonça alors gentiment :

- Et bien Virginie ! Tu as peur d'enlever ta petite culotte ?

Les regards convergèrent sur elle. Piégée comme une biche dans les phares d'une voiture, Virginie recula vivement contre le mur de la salle, bousculant la table où était dressé le buffet et faisant tomber une bouteille de vodka ce qui ajouta à sa confusion.

- Nous n'attendons plus que toi. Lança alors Max un sourire papelard aux lèvres.

Virginie était statufié comme la femme de Loth *xviii*. Les voix avaient baissé d'un ton. Un calme de murmures avait succédé au joyeux charivari. Max attendait tel Charon *xix* qu'elle monte dans la barque. Le groupe avait décidé de la sacrifier et jouissait de sa frayeur. Son évidente réticence rendait encore plus excitante l'imagination de son corps dénudé peu à peu. Les regards n'étaient plus sympathiques mais cruels. Certaines étudiantes pudiques, rassurées par ce bouc émissaire qui les épargnait, se faisaient, de victimes, bourreaux, sans aucune empathie. La loi de la meute leur donnait le droit de se réjouir de cet oblat. Il fallait en finir.

31

- Alors, elle se décide la pucelle ? Lança une voix anonyme méchamment.

- Non ! Je ne veux pas ! Cria Virginie.

Le cercle d'étudiants s'ébroua et se referma comme pour forcer la bête pendant une chasse à courre.

- Tu comprends bien que tu ne peux pas dire non, Annonça Max. Tu dois respecter les règles du jeu de la soirée d'intégration.

La situation devenait intenable. Virginie allait céder, se résigner à cette honte quand un grand type dégingandé sortit du groupe de spectateurs en s'adressant à Max :

- Tu vois bien qu'elle ne veut pas. Fous-lui la paix !

De deux enjambées, il traversa la salle transformée en casino et prit Virginie par la main.

- On y va ! Dit-il simplement.

Max hésita un bref instant. Le gabarit du Chevalier blanc et la crainte de gâcher la soirée par une bagarre lui fit préférer l'injure :

- Vous faites un joli couple tous les deux, en vérité ! Allez-vous coucher les enfants, c'est une soirée pour adultes !

Des rires ironiques couvrirent la sortie de Virginie et de Paul.

Elle ne savait pas encore qu'il s'appelait Paul. A la sortie du restaurant, il lâcha sa main en lui disant simplement « Bonsoir ».

- Mais comment t'appelles-tu ? Demanda Virginie stupéfaite et même déçue de sa discrétion.

- Paul. Répondit l'inconnu qu'elle aimait déjà. On se reverra à la boite. Bonne nuit.

Et il partit. Sa démarche chaloupée faisait danser dans les néons mouillés sa haute silhouette comme un mat sur les vagues.

« C'est la plus belle soirée de ma vie » Pensa Virginie.

Chapitre QUATRE

Œdipe

Lundi 26 Juin 2017 21 :00

Virginie s'amusait toujours secrètement de la gêne avec laquelle Paul suggérait une étreinte. Ils regardaient sur son ordinateur un film noir The Big Combo *xx* diffusé par YouTube. Une musique stressante et des noirs de suie et d'encre superbement restaurés. A la fin du film, Paul se rapprocha de Virginie sur le canapé transformable de sa studette. Il demandait prudemment si « elle voulait bien faire catleya » *xxi*. La première fois, Virginie crût avoir mal compris. Paul lui expliqua que c'était la périphrase qu'employait Swann pour solliciter Odette quand elle n'était encore que sa maîtresse, par souvenir tendre de leur première étreinte qui avait débuté par le redressement d'une fleur de catleya au corsage de la belle dans la calèche qui les ramenait d'une soirée chez les Verdurin. Virginie n'avait jamais lu Proust. Un Himalaya qu'elle se promettait d'escalader un jour. Paul lui dit sans forfanterie avoir lu toute *La Recherche* au moins cinq fois et connaître de mémoire des phrases entières. Ils avaient donc fait catleya et c'était un peu leur rituel, un film de cinémathèque sur YouTube et un câlin selon son expression à elle.

Paul était plein d'égards. Quand enfin après bien des ménagements, il la prenait, il demandait à chaque fois « s'il ne lui faisait pas mal ». Elle, au contraire, aurait aimé, parfois, qu'il soit plus hardi dans la saillie mais sa douceur était si tendre et si émouvante qu'elle se laissait dorloter ainsi. Le téléphone de Paul vibra à ce moment d'un sms.

- J'ai peur qu'il soit arrivé quelque chose à ma mère. Tu ne m'en veux pas ? Dit Paul en consultant son téléphone.

C'était bien sa mère qui lui demandait de la rappeler en urgence.

Sa mère, sans les formules d'usage sur sa santé, ses études, lui dit que son père avait eu un accident. La police l'avait appelée pour qu'elle vienne de toute urgence sur Paris mais comme elle était en Bretagne, dans un stage de tai-chi, sur l'île d'Arz, elle ne pouvait pas rejoindre la capitale avant la fin de l'après-midi du lendemain. Pouvait-il appeler le numéro laissé par la police et se rendre à l'appartement de son père ?

- A cette heure ? Interrogea-t-il ?

- Oui, le policier m'a dit qu'il serait joignable jusqu'à minuit.

Virginie avait entendu l'échange. Paul appela le numéro. Une voix d'homme qui s'annonça comme « Lieutenant Robert, Police Judiciaire » à la déclinaison de son identité, lui demanda s'il pouvait se rendre tout de suite à l'appartement de son père.

La porte de l'appartement était entrebâillée. Un policier prenait des photos. Sur une civière un corps était recouvert d'un drap. L'autre policier notait sur un carnet les objets qu'il mettait ensuite dans des sachets en plastique. Des clés, un portefeuille.

- Merci d'être venu. Je crains que nous devions vous annoncer la mort de votre père si l'homme qui est là est bien votre père. Pouvez-vous le reconnaître ?

C'était bien son père, le visage figé, jaunâtre comme les statues de madame Tussaud pensa bizarrement Paul se souvenant du voyage que son père avait organisé pour ses douze ans.

- Oui, c'est lui. Confirma Paul.

Le lieutenant de police en prit note dans son carnet en observant par méthode les réactions du fils. Il avait établi pour son propre usage une typologie des réactions des proches qu'il avait pu observer à l'annonce d'un décès, typologie qu'il notait par rapidité par des initiales : (ES) effondré et sincère, (FE) faussement effondré, (NSPCR) (ne sait pas comment réagir mais sincère, (I) indifférent, (H) hostile, (AQCAC) (a quelque chose à cacher). Il hésita sur la notation et opta pour I et, avec un point d'interrogation, ajouta AQCAQ.

Paul n'avait pas vacillé sous l'annonce de la mort de son père. Il se sentait plus observateur qu'engagé dans cette scène macabre. Sa froide lucidité lui fit comprendre qu'il était presque soulagé par cette disparition. L'avait-il même souhaité cette délivrance, songeait Paul pendant que le policier poursuivait son quasi monologue.

- Les premiers constats faits par le médecin semblent conclure à une mort naturelle. Probablement dans la nuit de samedi. L'autopsie nous le confirmera. C'est la femme de ménage qui l'a découvert lundi matin. Aucune effraction. La porte était ouverte. Son portefeuille dans son costume avec deux coupures de 200 €. Aucun vol apparent. Cause apparente du décès : arrêt cardiaque. Un AVC. Connaissiez-vous à votre père des problèmes cardiaques ?

- Non. On se voyait peu depuis le divorce de mes parents. Répondit laconiquement Paul.

- Ils étaient divorcés depuis longtemps ?

- Quatre ans bientôt.

- Nous allons tenter de faire parler son téléphone mais c'est un iPhone et même le FBI a du mal à les déverrouiller. La facturette de l'opérateur sera plus bavarde. Nous avons également pris sa tablette pour regarder ce son navigateur internet nous raconte sur lui.

- Je comprends. Je suis étudiant en informatique. Interrompit Paul, énervé du babil du policier. Mais pourquoi me racontez-vous cela si la mort est naturelle ?

- Naturelle, oui, mais provoquée. Provoquée probablement par une partie de plaisir qui a mal tourné, pour lui, j'entends.

- Une partie de plaisir !?

- Pour être plus explicite, votre père est mort lors d'ébats sexuels.

- Comment le savez-vous ?

- Eh bien, sa tenue, il était nu dans un peignoir, la position de son corps… Vous connaissiez une relation amoureuse à votre père ?

- Je vous ai dit qu'on ne se voyait pas et la vie sexuelle de mon père ne m'intéressait pas.

- C'était un homme à femmes ? Relança nonobstant le policier.

- On peut, j'imagine, appeler cela ainsi. Répondit, lassé, Paul.

Paul pensa aux infidélités de son père, à sa violence quand il rentrait à moitié bourré à la maison. Une nuit particulièrement sordide où, n'ayant probablement pas pu lever une fille en boite de nuit, il avait réveillé au petit matin son épouse pour un devoir conjugal rapide. Sa mère avait refusé et s'était enfuie de la chambre conjugale dans une nuisette trop transparente pour les treize ans de Paul. LUI avait beuglé, menacé, pris à témoin Paul terrorisé. Il s'était saisi d'un pistolet tiré d'un tiroir de son bureau et hurlé « Je vais te tuer salope ! ». Elle s'était réfugiée dans la salle de bains. LUI avait tiré à travers la porte. Et puis il était reparti en boite, à trois heures du matin. Elle avait dû raconter à Police secours alerté par les voisins que son mari avait utilisé un pistolet d'alarme au cours d'une dispute conjugale mais que tout était rentré dans l'ordre maintenant. Les policiers firent mine de croire à son évident mensonge mais lui firent signer une main courante lui recommandant de les prévenir en cas de nouvel incident. Elle n'était pas partie pourtant. Elle avait choisi de ne pas divorcer pour épargner son fils. Il le lui reprochait encore, pour elle autant que pour lui mais comment dire à une mère qui a sacrifié sa vie de femme à l'idée fausse qu'elle se faisait de ses devoirs de mère ?

Un jour qu'il était seul dans l'appartement, Paul avait fouillé le bureau de son père et découvert un tiroir secret où il gardait son pistolet, un Smith & Wesson modèle 36 comme en portent les policiers dans les films américains.

- Votre père était en compagnie galante. Il faisait des vidéos de ses amours tarifées. Une très jeune femme. Nous avons pu visionner le film. Indiqua le Lieutenant Roger en désignant un point invisible dans la bibliothèque. Quand nous sommes rentrés la vidéo s'est remise en marche. Cela nous donne l'heure et la minute du décès si l'horloge de la caméra était correctement réglée. La caméra se déclenche et s'arrête par un détecteur de mouvements. Astucieux. Comme cela votre père ne demandait même pas l'autorisation à ses call girls de les filmer. Nous devrions retrouver une collection de clips porno sur son ordi.

- Et en quoi tous ces détails sordides me concernent ?

- A vrai dire, nous aimerions retrouver la partenaire de votre père. Vérification de routine car au vu des images, ce n'est pas elle qui l'a tué mais vous savez combien la police est méthodique. Plaisanta lourdement le policier.

- Et ?

- Et nous aurions aimé que vous nous disiez si vous la connaissez. Une chance sur des milliers mais des prédateurs comme votre père chassent souvent dans leur proximité immédiate. La vidéo est assez trash. On peut vous envoyer une photo du visage de la fille repiqué du film mais le temps que le labo fasse le cliché, on va perdre quelques jours précieux.

- OK, passez-moi le film, il n'y a aucune chance que je la connaisse. Mon père et moi ne fréquentons pas le même genre de femmes mais tant qu'à boire la coupe… Qu'on en finisse. Je voudrais rentrer me coucher. J'ai cours demain.

- C'est du niveau YouPorn, je vous préviens. Si vous voulez que j'interrompe, vous me le dites.

- OK, OK, ce n'est pas du Godard. J'ai compris. S'énerva Paul.

Le Lieutenant lui fit signe de s'installer sur un canapa face à un écran plat occupant presque un mur entier et actionna une télécommande. L'appartement vu de haut apparût d'un coup. Il reconnût la voix virile, très sonore et enjôleuse de son père. Deux silhouettes apparurent dans le cadre. Son père faisait les honneurs de l'appartement. La jeune femme était habillée d'un jean et d'un sweat à capuche qui masquait ses cheveux. Une casquette vissée sur la tête dissimulait son visage. Le séducteur pérorait vantant un « Gewurztraminer Vendanges tardives ».

- On en a trouvé une dizaine de bouteilles dans le cellier. Commenta le lieutenant de police. Avant les vieux messieurs proposaient des sucettes. Galéja le policier pour alléger ce qui allait suivre.

Le satyre, son père, déroula un petit rituel, plaçant sur la table de verre le prix de la passe sous un truc que Paul finit par identifier comme une bite en acier polie, une capote et une pastille bleue.

« La totale. Rien ne me sera épargné ! » pensa Paul qui savait son père queutard mais ignorait qu'il réveillait ses ardeurs avec des tendrons et l'aide de la pharmacopée.

- Ce ne serait pas le premier accident vasculaire cérébral provoqué par le Viagra. Remarqua le policier.

Paul regardait son père siroter son vin capiteux avec la gourmandise du Capucin de Justine ou les infortunes de la vertu *xxii*. Il repensa à l'incident qui avait décidé sa mère à divorcer enfin mais un peu tard, il était déjà au Lycée. Le fourbe avait proposé à son épouse qu'ils partent en vacances « en amoureux » à Palavas-les-Flots, souvenir d'enfance avait-il prétexté. « On ira manger des glaces à l'eau » avait-il blagué la persuadant de laisser Paul chez sa mère pour une semaine. Dès leur arrivée à Palavas, il avait fait le siège de son épouse pour aller « par pure curiosité » visiter la place naturiste du Cap d'Agde dont la description par Michel Houellebecq dans Les Particules élémentaires *xxiii* l'avait émoustillé mais cela il ne l'avait pas avoué d'emblée. De guerre lasse, elle avait fini par accepter « On entre, tu vois à quel point c'est dégueulasse tous ces corps étalés comme dans un abattoir et on repart » avait-elle prévenu mais lui, une fois arrivé avait baguenaudé avec délectation entre les dunes, matant sa pudeur les couples en plein ébat. Il lui avait alors demandé de poser leurs serviettes dans un coin apparemment exempt de partouzes. Sottement, elle avait accepté mais dès qu'ils furent installés pour bronzer, il enleva son slip de bains dévoilant son érection et lui avait demandé d'enlever son bas et de le sucer. Scandalisée, elle avait refusé et s'était levée. Comme par hasard, plusieurs voyeurs apparurent alors attendant comme au spectacle qu'elle s'exécute. Elle prit le chemin du retour, insulté par son mari qui dardait son vit turgescent et son poing en sa direction. Dans la voiture, ils eurent une violente dispute. Elle rentra en train après lui avoir souhaité d'attraper la chtouille entre les dunes. A Paris, elle fit ses valises et quitta le domicile conjugal. Ces détails sordides, Paul les tenait non de sa mère qui lui avait seulement parlé d'une dispute mais de son père qui relata sans pudeur son plan-cul sabordé par sa pimbêche de femme.

Paul un jour avait demandé à sa mère

- Mais comment as-tu pu épouser Papa ? Vous êtes si différents.

- C'est vrai. J'étais libertaire, ton père un peu facho. On s'était pris le chou dans un soirée. J'avais, dans mon évangélisme naïf, espéré le convertir à l'humanisme soixante-huitard.

- Il pouvait être très drôle ton père quand il était jeune. Avait-elle ajouté d'une voix rêveuse.

Drôle, peut-être mais aussi un sacré connard, pensa Paul se remémorant ces étés sur la côte d'Azur où, en pleine puberté, il le précipitait dans les seins de la fille qui les croisait et riait grassement en disant « Excusez-le mademoiselle, il ne sait pas encore combien c'est doux une poitrine de femme ! » Le pire c'est que quelques-unes prenaient le parti d'en rire. « Tu finiras pédé mon fils » était aussi une de ses formules favorites pour s'offusquer de ce qu'il préfère la compagnie de sa mère à la sienne.

Tous ces souvenirs défilaient en un instant à l'esprit de Paul quand la fille revint, en peignoir comme l'avait exigé son père. Paul reconnut d'un coup Virginie. Sidéré, il la vit laisser tomber le peignoir, dégrafer son soutien-gorge, enlever sa petite culotte. Une pierre de meule tomba sur le cœur de Paul.

- Vous la connaissez ? Demanda le policier.

- Nonon. Répondit d'une voix éteinte Paul.

Le policier regarda en catimini le jeune homme. « J'ai eu raison de le classer AQCAC » jugea-t-il prenant le parti de ne pas interrompre le visionnage.

Paul subit en sa chair les attouchements indécents de son père sur la femme qu'il aimait. Il contempla la chair de sa chair fouillée par ses doigts. Il éprouva la douleur de la voir subir les ultimes outrages de son intimité violée, de son sexe outragé. Virginie se laissait manipuler comme droguée mais à certains moments elle tremblait de toute sa peau comme un cheval piqué par un taon, à d'autres, de fiel, elle semblait répondre au fouissement bestial de l'homme. Elle gémissait de douleur et de plaisir mêlé. Oui, il s'agissait bien de râles d'extase et non de douleur. Des langueurs qu'il ne lui connaissait pas. Des abandons qu'il ignorait. Des attouchements qu'elle recevait et qu'elle donnait aussi. La fellation même ne semblait pas la rebuter. L'homme se laissait sucer le visage renversé de jouissance. Il la reprenait à nouveau, à chaque fois dans une position nouvelle et reprenait ensuite la fellation. Quand il vint à lui proposer un extra pour une sodomie, Paul gémit et le policier devant le visage livide du garçon arrêta la vidéo.

- Alors, vous êtes certain de ne pas la connaître ? Interrogea-t-il en le fixant dans les yeux.

- Non, je vous ai dit que non. Réitéra Paul avec trop de force.

- Vous avez l'air pourtant tourneboulé par la scène. Insista l'autre.

- Le tabou de la sexualité de parents. Freud. Vous connaissez ? Rétorqua agressivement Paul.

Le lieutenant Roger décida de laisser tomber l'interrogatoire dans l'immédiat. Le téléphone et l'ordinateur permettraient des recoupements avec des connaissances de Paul. « Si cela se trouve, c'est une camarade de son école d'ingénieur qu'il a reconnue » pensa le policier.

- Bon, je vous libère. Nous ne mettons pas les scellés. Par contre, je dois garder pour quelques jours les clés de votre père, la vidéo aussi. Il faudrait fermer l'appartement, avez-vous des clés ?

- Non, mais je crois me souvenir que mon père en gardait un double dans son bureau.

Paul se leva et alla d'un pas somnambulique vers le bureau dos d'âne qui occupait l'angle du vaste séjour. Il actionna le mécanisme libérant le tiroir en tira le calibre .38 spécial, libéra la sécurité et se tira une balle dans la tempe.

Au coup de feu, le lieutenant de police lâcha le carnet où il griffonnait hâtivement des notes de son entretien et se retourna. La tête livide de Paul gisait sur le côté dans une mare de sang vineux qui formait reflet sur le bureau ciré contraste comme sur la photo Noire et Blanche de Man Ray *xxiv*.

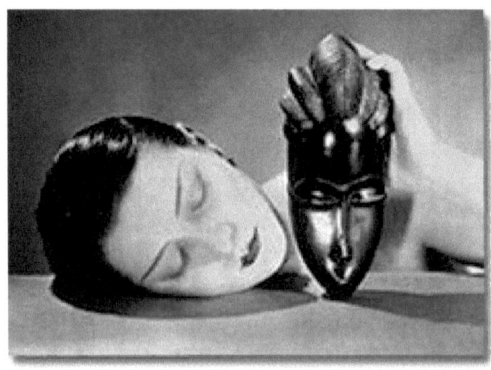

Chapitre CINQ

A la recherche du temps perdu

Mercredi 27 Juin 2017 à 15 :00

Virginie avait passé la commande du premier tome de l'édition de la Recherche dès son retour chez elle, le dimanche soir, choisissant l'option Livraison en 1 jour d'Amazon pour être certaine que le livre soit livré à Paul mardi 26 juin date de son anniversaire. L'argent de sa prostitution lui brûlait les mains comme le souvenir du corps du sale vieux en elle. Elle s'était lavée méthodiquement ne disposant que d'un lavabo dans sa chambre de bonnes. Pas une toilette de chat, non une toilette de jeune mariée. Paul n'avait pas évoqué la célébration de ses vingt-deux ans. Il lui ferait, avait-elle imaginé, vouloir lui faire la surprise d'une invitation le jour même par un sms car ils n'avaient pas cours mardi.

A midi, elle n'avait toujours pas de nouvelle de Paul et fut contrariée à l'idée que Amazon n'avait pas tenu sa promesse en un jour de livraison. Paul devait être dans ses travaux pratiques de programmation, le casque vissé sur les oreilles à écouter de la musique baroque, des Motets de Monteverdi le plus souvent. Il n'entendrait pas son téléphone. Elle rédigea donc un sms et attendit. A quatorze heures, toujours aucune nouvelle. Une angoisse la frappa. Une angoisse irrationnelle. Le souvenir de l'horreur de sa nuit dominicale éveilla en elle une peur mystique. Et si son péché, sa trahison, sa débauche avaient été punis d'En Haut. Virginie n'était pas croyante mais comme beaucoup elle en appelait à Dieu parfois par une religiosité primitive, presque un animisme. Décidant d'aller frapper à la porte de son amoureux, elle descendit en courant presque l'escalier de meunier qui desservait les chambres de service et prit le métro. Paul habitait près de Saint Lazare, elle sur la bute Montmartre. Paul la plaignait sur son cagibi de six mètres carrés situés au sixième étage « sous les plombs » *xxv* comme il disait, par référence à l'extrême chaleur absorbée par la toiture en zinc dont avait aussi souffert Casanova. La première fois qu'il escalada les six étages de l'escalier en colimaçon, il lui raconta la boutade de Clémenceau selon laquelle « le meilleur dans l'amour, c'est quand on monte l'escalier » *xxvi* car à l'époque les femmes portaient des robes à crinoline et des bustiers qui pouvaient dissimuler un corps splendide aussi bien que contrefait. Virginie, il l'appelait « Mimi » Mimi par référence à La bohême *xxvii* de Puccini. Toujours sa manie des références culturelles. Il en était presque énervant mais il ne s'en rendait pas compte. « Mi chiamano Mimi » *xxviii* chantonnait Virginie in petto, seule dans le métro, pour se redonner belle humeur avant de retrouver son Rodolfo *xxix*.

La porte du studio de Paul était entrebâillée. Virginie hésita un instant, saisie de peur. Cette porte ni ouverte ni fermée lui faisait souvenir de celle de l'appartement du satyre. Prenant force en son amour, elle entra. Une femme qu'elle ne connaissait pas sembler chercher quelque chose dans la pièce à vivre selon l'expression bizarre des agents immobiliers ; y-a-t-il des pièces à mourir ? L'inconnue se retourna, le tome de La Pléiade, Du côté de chez Swann, dans les mains. Elle demanda d'un ton égaré, presque indifférent :

- Vous cherchez quelque chose ?

- Oui, non, enfin si. Paul. Et vous, vous cherchez quoi chez lui ?

La femme avait de beaux cheveux blancs, un visage sérieux ou étaient-ce ses lunettes de prof qui lui donnait cet air revêche ? Virginie se sentit observée comme une espèce nouvelle par un explorateur. Avec attention. Longuement.

- Vous connaissez Paul ?

La question était saugrenue mais Virginie entendit de l'espoir, de la douleur aussi, dans le timbre de la voix.

- Oui. Nous sommes… camarades de TECH. Répondit de manière contournée Virginie.

- Des camarades… Réfléchit à haute voix la dame laissant sa phrase en suspens voler dans le silence pesant de la pièce.

- Paul n'est pas là ? Relança Virginie que cet interrogatoire troublait.

- Non. Il n'est pas là.

A nouveau une pause. L'inconnue semble hésiter. Son regard divague dans la pièce désertée.

- Il n'est plus là. Précisa-t-elle enfin.

La formulation absconse résonne comme une menace. Virginie pèse longuement le poids de ces mots obscurs. Et puis, n'y tenant plus d'angoisse, demande :

- Il n'est plus là. Que voulez-vous dire ? C'est là qu'il habite.

L'affirmation finale est une dénégation. Virginie ne veut pas croire ce qu'elle a compris. Paul est parti. Il a déménagé.

La visiteuse étrange hésite encore et, enfin, pour elle-même plus que pour la jeune fille. Pour se convaincre par des mots de l'irréversibilité terrible, elle dit d'un ton éteint :

- Non, plus maintenant. Il est mort.

Virginie est fauchée par cette annonce. Ses jambes l'abandonnent. Elle tombe sur le canapé lit où quelques jours auparavant ils regardaient The Big Combo quand

Paul avait reçu ce sms. Ce sms de sa mère. Cette femme est la mère de Paul. Cette évidence la foudroie.

- Vous êtes sa mère ?

C'est un constat plus qu'une question.

Virginie pleure sans s'en rendre compte. L'épuisement nerveux de ces derniers jours l'empêchent de gémir, de crier. Sa douleur est muette. Elle pleure 'toutes les larmes de son corps'.

ELLE se tient en retrait, murée dans sa peine de mère. Puis, d'un coup, elle réalise que ces pleurs ne sont pas des pleurs d'émotion d'une camarade mais ceux d'une amante, d'une femme qui a aimé son fils d'un amour charnel. Que cette femme est la dernière à l'avoir tenu dans ses bras. Cet enfant qu'elle avait bercé, il s'était endormi en son giron à elle. Nulle jalousie. Une immense tendresse pour elle, elle qui avait aimé Paul de toute sa chair dévastée maintenant. De toute sa chair violentée par l'effroyable annonce. ELLE qui ne réussissait pas à pleurer car pleurer c'était accepter l'inacceptable. Pleurer c'était admettre qu'il ne reviendrait plus. Pleurer c'était devoir tenter de comprendre l'incompréhensible. Ce suicide sans un mot. Avec le pistolet de son père, sur le corps étendu de son géniteur. Une douleur de fils. Une affection cachée pour LUI qui l'avait si souvent tourmenté adolescent, ce bourreau domestique. Elle ne réussissait pas à s'en convaincre. Le spectacle de l'effondrement de la jeune fille. L'énormité de son amour pour le fils disparu rendait son suicide encore plus absurde, scandaleux. Comment mourir quand on est aimé autant par deux femmes, une mère et une amante ?

ELLE tomba aux côtés de l'AIMEE et la prit dans ses bras. Elle laissa enfin, par empathie, couler ses larmes qu'elle avait retenu dans sa colère contre ce Mal injuste qui lui était infligé. Enfin, et seulement maintenant, elle sait que Paul ne reviendra pas. Que ce n'est pas un cauchemar. Il est allongé dans un casier réfrigéré de la Morgue du quai de la Rappée. Elle l'a vu ce matin. Portant un bandeau, comme celui qu'on voit à Apollinaire sur son portrait de guerre en 1916 *xxx,* pour dissimuler la plaie béante faite par la balle qu'il s'est tirée dans la tête. La balle qu'il s'est tirée dans la tête avec le Smith & Wesson avec lequel son père avait tenté de la tuer, elle, sous les yeux horrifiés du jeune garçon. Toutes ces images se mêlent en une danse macabre ; un flash-back mortifère. Il lui reste à mourir mais cette jeune femme il faut qu'elle vive malgré la perte de son AIME. Elle a 'la vie devant soi' *xxxi.* Sa vie à ELLE est close, vaine, inutile. Pourquoi vivre quand vous n'avez plus personne à aimer ?

ELLE la serre plus fort. Stabat mater dolorosa. Les deux Marie, Marie, la mère du Christ et Marie Magdalena au pieds de la Croix. Elles pleurent des larmes de fiel comme le Fils oblat.

Au bout de combien de minutes, elles ne le savent pas, elles se regardent enfin. Jusque-là leurs regards étaient perdus dans l'abîme de douleur. Elles se regardent et parlent.

- Vous l'aimiez tant que cela ? Demande la mère pour se rassurer, pour entendre que Paul a été beaucoup aimé, d'un amour de femme, d'un amour charnel, qu'elle ne lui connaissait pas mais qu'il a été Homme et Heureux avant que de mourir.

- Oui, nous nous aimions. Répond sobrement Virginie qui serre la main de la mère de Paul pour lui donner un peu de la force qu'elle n'a plus.

- Mais comment est-il mort ? Demande après un long moment Virginie.

- Il s'est suicidé. Il s'est tiré une balle dans la tête avec le pistolet de son père.

- Mais pourquoi, pourquoi s'est-il suicidé ? C'était aujourd'hui son anniversaire !

Se levant, elle prend le livre de Proust et dit avec force comme une preuve, comme une démonstration que sa mort n'avait aucun sens :

- Je lui avais offert le premier tome de *La recherche* dans La Pléiade. Il en rêvait. Depuis qu'on se connaissais, il me citait de mémoire des pages entières de Proust de mémoire.

- J'ai parfois l'impression d'avoir lu *La recherche* sans même tourner les pages. Ajoute-t-elle avec émotion presque rieuse puis, en colère, l'apostrophant :

- Mais pourquoi t'es-tu tué ? On était heureux ! Tu avais une mère qui t'aimait. Paul pourquoi nous as-tu fait cela ? Pourquoi ?

Virginie repose le livre sur la table de travail de Paul et se rassoit sur le sofa. Les deux femmes se tiennent la main, plongées dans cette perplexité douloureuse. Souffrir ensemble leur est pourtant un réconfort. ELLE se promet d'aider Virginie à surmonter sa douleur tandis que Virginie décide de dépasser son affliction pour permettre à la mère de Paul de faire son deuil.

Elles se sourient, les yeux mangés de larmes. Non pas réconfortées mais plus seules dans la géhenne.

Maintenant seulement, ELLE demande :

- Et comment vous appelez-vous ?

- Virginie.

- Vous avez fait exprès. Sourit la mère de Jean.

- Non, c'est venu comme cela.

- Moi, c'est Christine.

Pour s'apaiser et surtout pour parler de Paul, Virginie raconte comment ils sont tombés amoureux à la rentrée de leur école d'informatique, oblitérant le jeu débauché mais expliquant que Paul avait été son Chevalier blanc, « son Lancelot » pour l'exfiltrer d'une soirée d'intégration « lourdingue ».

- C'est tout Paul ; toujours altruiste. Commente tendrement sa mère.

Virginie hésite et se questionne enfin :

- Mais quand s'est-il suicidé ?

Christine lui raconte qu'elle était dans le train de retour de Bretagne quand elle avait reçu un nouveau sms laconique du Lieutenant de police, celui-là même qui l'avait informée, quelques heures auparavant, du décès de son ex-mari et que Paul devait identifier pour les besoins de l'enquête. Le policier lui demandait de venir à la PJ dès son arrivée à Paris. Il l'attendrait. Surprise et inquiète, elle avait tenté de joindre Paul et, comme il ne répondait ni à ses appels répétés ni à ses sms, elle avait décidé de passer à son studio dont elle avait un double des clés, car elle lui déposait son linge propre et des plats cuisinés pendant qu'il était à ses cours, avant d'aller à la Préfecture de Police. C'est là qu'elle avait découvert l'appartement vide. Elle avait alors appelé le Lieutenant Robert qui lui avait annoncé le suicide de Paul, le matin même, dans l'appartement et avec l'arme de poing de son père. Elle cherchait un indice, un mot laissé par Paul pour expliquer son geste. Le paquet contenant le Proust était dans sa boite aux lettres. Elle venait de l'ouvrir quand Virginie était arrivée.

- Et votre ex-mari, le père de Paul, il est mort de quoi, il était malade ?

Christine prit le parti de passer sous silence les circonstances graveleuses du décès de son débauché d'ex-mari.

- Non. Il est mort apparemment d'un AVC. C'est ce que pense la police. Je ne croyais pas Paul attaché à son père au point d'avoir un tel coup de bourdon, au point de se suicider. Remarquez, il ne m'a jamais parlé de vous. On se téléphonait tous les dimanches soir, à dix-neuf heures précises. Il était très secret Paul.

- Il me parlait parfois de vous. Souvent, Mentit-elle.

- On ne se voyait jamais le dimanche soir. Je comprends pourquoi maintenant. Par pudeur, il voulait être seul pour vous parler. C'était un être très pudique Paul.

- Oui, son père l'a houspillé toute son adolescence. Paul aimait les livres, la musique et le cinéma. Il détestait le foot, les armes à feu et les voitures, tout ce qu'adorait son père. Son père, persuadé de faire son bien contre son gré, lui a annoncé qu'il finirait « pédé » comme il disait avec mépris. Adolescent, il le bousculait sur les trottoirs pour le faire rebondir dans la poitrine des femmes. Intelligent, n'est-ce pas ? Je me demande parfois comment Paul a réussi à être équilibré avec son mufle de père. Enfin, une chose est certaine, il n'était pas homosexuel si j'en juge par votre présence. Ajouta-t-elle en souriant pour excuser l'impudicité du propos.

Son téléphone vibra ; Christine le consulta.

- C'est le policier qui me relance. Le corps de Paul est l'Institut Médico-Légal, quai de la Rappée. Il faut que j'aille le reconnaître et organiser ses obsèques. Celles de son père aussi. Ensuite je dois aller à la PJ. Avant sur l'ile de la Citée, maintenant il faut que j'aille jusqu'aux Batignolles. Je ne vous propose pas de venir avec moi. De toute façon, il est probable que la PJ vous convoquera aussi puisque vous êtes la dernière personne à avoir vu Paul vivant. Il va de soi que je voudrais vous avoir à mes côtés pour les funérailles de Paul. Nous ne serons que toutes les deux. Vous me laissez un téléphone ?

Christine nota le numéro de portable de Virginie et se leva pour partir.

Une pensée troublait Virginie depuis la précision sur la cause du décès du père de Paul. Ce n'était pas possible. Non, c'était impossible. Des hommes de la soixantaine qui font des AVC, il y en a des dizaines chaque jour à Paris.

- Et il habitait où le père de Paul ?

A l'annonce de l'adresse, du plomb coula dans les veines de Virginie qui sut qu'elle était coupable de la mort de Paul. Son vertige la fit retomber sur le canapé.

- Ça ne va pas ?

- L'émotion. S'il vous plait, ne parlez pas de moi au policier. Je ne suis pas en état de supporter un interrogatoire sur nos amours. J'aurais l'impression de salir le souvenir de Paul. Cela ne regarde que Paul et moi. Et puis, je ne sais rien des circonstances de son suicide.

- Je comprends. Vous avez raison. Pourquoi violer la mémoire de Paul en la mettant dans des mains étrangères. Je vous rappelle très vite pour qu'on se revoie et convienne du détail des obsèques.

Sur le trottoir, Christine embrassa Virginie comme sa fille et héla un taxi.

Virginie était complétement, incommensurablement, seule.

Chapitre SIX

Mafia

Juillet 2017

Virginie avait repris ses études. Il fallait bien qu'elle obtienne un diplôme pour avoir un emploi et cesser de peser sur les faibles revenus de ses parents. Elle s'était promis de les inviter au restaurant avec son premier salaire. Elle se levait le matin pour cela, pour ne pas sombrer, quand chaque geste, quand chaque son, quand chaque odeur lui rappelait Paul. Paul disparu, Paul trahi, Paul trompé. Elle portait sa faute comme un cilice. L'azur de cet été sans Paul lui était un ciel de châtiment dernier. Elle qui ne croyait pas, souffrait, comme une mystique qui a perdu la foi. Elle se sentait séparée d'elle-même, étrangère à son propre corps. Zéphirine avait tenté de l'interroger sur la brutale disparition de « son amoureux ». Le couple formé par Paul et Virginie avait été plaisanté, gentiment raillé, par elle, elle l'insouciante qui papillonnait d'amant en amant. Virginie, Paul était la flamme qui l'avait fait femme, épanouie, heureuse. Son cœur était dorénavant en hiver et les jours lui étaient comme des nuits.

Paul était parti. Il n'était pas mort. Elle se refusait à employer ce mot fatal. L'absence de ses larmes étaient un déni. Des mères avaient bien attendu le retour du fils disparu au front. Virginie n'avait pas voulu assister aux obsèques de Paul pour refuser l'évidence : il ne la prendrait plus entre ses bras si tendres. Un jour, un jour peut-être, elle accepterait son deuil et tenterait de retrouver la mère de Paul pour aller sur la tombe, se promettait-elle, sachant qu'elle se mentait encore. En allant se recueillir, elle aurait le sentiment de salir la mémoire de cet être angélique qui était mort d'avoir trop aimé, elle, la gourgandine, elle, qui l'avait tué par amour, pour lui offrir un témoignage de son amour à elle. Confusion des sentiments *xxxii*. Faire mal à ce que l'on aime le plus au monde et le faire par amour. Ce déchirement l'obsédait. Le pardon, elle n'irait pas le chercher. Elle buvait le fiel de sa coupe d'infamie.

Avec la fin des cours, le désert de l'été parisien était son seul horizon. Il est possible d'être anachorète dans la foule, elle le savait depuis le départ de Paul. Au Starbucks Clichy, les jours passaient, l'éloignaient, comme une barque à vau-l'eau, du jour fatal où Paul était parti. Ayant donné un faux numéro à la mère de Paul, qui de toute façon s'était engagée à ne pas la dénoncer, et ayant brouillé sa piste internet, elle ne se surprenait pas que la police ne se soit pas manifestée. Un AVC et un suicide, sans lien apparent, avaient conduit, certainement, au classement sans suite de l'affaire. Un lundi matin de juillet pourtant, alors qu'elle sommeillait encore, récupérant de son service dominical où elle avait servi 150 capuccinos, 75 cafés frappés, 234 cafés latte – elle les comptait pour que la journée passe plus vite – son téléphone vibra d'une notification. Le message était relayé de sa messagerie Telegram *xxxiii* sur son compte Gmail par un VPN *xxxiv* qu'elle avait installé par sécurité quand elle avait créé son profil sur le serveur proxénète. L'adresse employée par l'expéditeur était celle de Rosa, le pseudo qu'elle avait renseigné dans sa fiche. L'officine de prostitution estudiantine lui proposait un rendez-vous avec un « cadre supérieur libertin et sportif » qui avait été « séduit par son profil ». Les profils comportaient des notations sur le modèle des agences de mannequin : âge, poids, mensurations (hauteur, taille, seins) et une photo. Un marché aux esclaves modernes. Le client avait même, l'avait-elle-même appris lors de son unique rendez-vous stipendié, droit de se décider de visu, comme les clients des négriers faisaient ouvrir la bouche des lots mis à l'encan avant d'acheter.

Virginie frémit. Elle avait oublié qu'une photo d'elle figurait dans le fichier de l'entremetteur. Si le père de Paul avait laissé une trace de sa fréquentation du réseau, la police pouvait la retrouver. Une chance sur un millier mais un risque tout de même. Cette proposition de passe était peut-être un piège, un leurre posé par la police pour identifier la mystérieuse Rosa, son pseudo retrouvé sur l'ordinateur du défunt. Sauf à ce que la police fasse une enquête de voisinage en montrant sa photo aux élèves de TECH. Un photomaton de mauvaise qualité qui la montrait un peu floutée et plus jeune de quatre ans, aucune chance qu'ils ne remontent à elle. Elle avait quand même commis une grave négligence en ne fermant pas ce compte de messagerie. Et comment effacer son compte sans entrer à nouveau en contact avec les e-entremetteurs. Virginie se connecta au serveur 'rose' via le réseau Tor *xxxv* et posta une demande d'effacement de son profil.

Son compte d'escort girl, elle l'espérait bientôt fermé, Virginie tenta de se rassurer. Le chemin entre le serveur de messagerie du réseau coquin et sa boite personnelle authentique était parsemé de filtres et détours qui avaient évité tout acquittement du message. L'expéditeur inconnu, le client dont l'alias était « ViPxxx », encore un modeste ironisa Virginie, ne recevant rien en retour, tournerait sa libido perverse vers une autre Lolita *xxxvi*. Elle se rassura ainsi. Le dimanche se déroula ainsi jusqu'à vingt-trois heures où elle reçut un message qui vint s'incruster sur le bureau de son ordinateur. L'expéditeur ne se cachait plus sous le prétexte d'un « rendez-vous coquin » mais indiquait dans un vocabulaire de lettre d'affaires : « Suite à votre échange avec Roméo123456, merci de nous contacter au numéro de téléphone suivant ». Virginie blêmit. Comment avaient-ils pu la loger alors que sa messagerie Telegram était cryptée et supposé inviolable ? Ses études en informatique lui apportèrent la réponse. La fiche de renseignement créant son profil sur le serveur de rencontres galantes avait probablement téléchargé un cheval de Troie *xxxvii* sur son ordinateur qui avait récupéré son adresse IP. Le programme du hacker affichait, en utilisant les commandes de l'ordinateur piraté, un message de service sans passer par la messagerie Telegram. Son adresse IP *xxxviii* la localisait géographiquement. Certes pas son adresse physique mais selon la typologie des nœuds des passerelles d'accès à internet de son fournisseur, le rayon pouvait être suffisamment étroit pour que son interlocuteur tente une enquête de proximité sa photo à la main.

Mais qui était ce mystérieux correspondant ? La police ? Peu plausible, car, si cheval de Troie il y avait, seul le serveur du réseau social de débauchage avait pu l'installer. Mais alors pourquoi les commanditaires du réseau de prostitution la recherchaient-ils ? Manifestement pas pour lui rétrocéder des honoraires. L'hypothèse la plus plausible était que la police ayant retrouvé les échanges internet du suborneur, sur son téléphone ou son ordinateur, aient inquiété l'organisation qui s'enrichissait des étudiants pauvres. La mafia, un réseau criminel devaient être derrière ce fructueux business. Pas des bienfaiteurs de l'humanité. Le genre de types qui détestaient que la police se mêle de leurs affaires. Le scandale provoqué par la présence de voitures publicitaires faisant la promotion de « rencontres mutuellement avantageuses » à proximité des universités leur valait, selon la presse, des poursuites pour débauchage et incitation à la prostitution. Cette pègre voulait, comprit Virginie, s'assurer de son silence en la payant ou simplement en la menaçant.

Il lui aurait fallu fuir. Mais comment quitter son pigeonnier, ce taudis prétentieusement qualifié de studette ? Ni ses parents, ni elle, n'avaient les moyens de repayer une caution et, surtout, comment justifier auprès d'eux ce déménagement ? Résilier son abonnement internet ne servait plus à rien car le mal était fait et se réabonner chez un autre fournisseur n'éliminait complétement pas la menace d'un repérage car le cheval de Troie vivait sa vie propre tel un ascaris. L'accès à internet lui était indispensable pour ses études. Il n'y avait pas de cyber-café proche et la boite était maintenant fermée pour l'été. Aller demander protection à la police l'obligerait à s'exposer à une enquête. Il lui faudrait expliquer pourquoi elle s'était jusque-là cachée. Qu'avait-elle à cacher demanderait la police. Et puis la mère de Paul apprendrait alors que c'était elle, elle qu'elle avait prise dans ses bras le surlendemain de la mort de son fils, qui était coupable de la mort de Paul.

Virginie résolut de ne rien faire. Un jour peut-être les hommes de main de la mafia la retrouveraient. Et si elle devait mourir, tant mieux, ses tourments seraient abrégés, pensa-t-elle. Le châtiment lui était promis et elle s'en réjouissait presque.

Deux semaines se passèrent ainsi. Et puis un soir pourtant, on frappa à la porte de sa chambre de bonne. Virginie ne fréquentait personne avant de rencontrer Paul et lui-seul avait le code d'entrée de la porte cochère. Virginie interrompit son frugal repas et interrogea :

- Qui est là ?

- C'est moi la mère de Paul. Répondit une voix qu'elle reconnut.

Stupéfaite, Virginie ouvrit la porte.

Dans la maigre clarté de la lampe nue qui éclairait le couloir de tomettes rouge vinasse, se tenait la dame aux cheveux blancs rencontrée quelques semaines auparavant.

- Je peux entrer ?

- Oui. Enfin, c'est minuscule chez moi. S'excusa Virginie honteuse du matelas jeté au sol et du drap grisâtre tirebouchonné.

- Mais comment m'avez-vous retrouvée ?

- J'ai du mal noter votre numéro de téléphone. Alors je suis allée à TECH. Au bureau des élèves ils connaissaient Paul. Quand j'ai dit que je cherchais Virginie, une étudiante, une créole très sympa m'a donné votre adresse. Et me voilà.

Fichue Zéphirine. Pensa, in petto, mi colère, mi attendrie Virginie.

- Vous avez le temps pour un café ? Demanda Christine.

Virginie se retrouva ainsi attablée au bar le plus proche et prétextant qu'elle n'avait pas mangé, mais, comprit Virginie, ayant surpris l'œuf coq qui constituait ses agapes, Christine commanda d'autorité un repas pour deux. Virginie comprit qu'elle ne pourrait pas se débarrasser aisément de l'affection manifeste de la mère de Paul.

- Vous comprenez, cela me fait plaisir de vous voir. Nous pouvons parler de Paul. Avec vous seule, je puis en parler. Nous seules l'avons aimé.

Virginie n'eut pas le cœur de lui révéler sa culpabilité. Elle la laissa lui prendre la main et lui sourire.

Préemptant la question, Christine précisa :

- Paul repose dans un cimetière, en Bretagne. Il a la vue sur la mer. C'est très serein. On ira ensemble un jour si vous voulez.

Virginie ne dit rien. Christine respecta son mutisme puis repris d'une voix trop affairée :

- Et puis j'ai un service à vous demander. Je suis prof de lettres modernes à la Fac de Nanterre. J'ai posé un congé sabbatique de six mois. Je pars comme volontaire la semaine prochaine pour une campagne de l'ONG Mare nostrum. C'est une ONG qui patrouille dans le golfe de Syrte pour venir en aide aux boat people. Vous savez ces africains qui tentent de rejoindre l'Italie. Tous ces gens qui se noient. J'ai été moniteur de voile aux Glénans quand j'étais jeune, c'est comme cela que je les ai convaincus, malgré mon grand âge - ironisa-t-elle d'un sourire -, de m'embarquer. J'ai un chat à la maison et je ne sais pas à qui le confier. Je me suis dit que peut-être vous accepteriez de venir habiter chez moi pendant ma mission. J'ai la fibre, pour votre travail sur internet, c'est pratique. Et puis j'ai peur d'être cambriolée si je laisse mon studio non occupé pendant six mois. Alors qu'en dites-vous ?

C'est ainsi que Virginie quitta ses cinq mètres carrés pour cinquante mètres carrés et fit la connaissance de Raminagrobide, le sobriquet donné par Paul, expliqua avec tendresse émue sa propriétaire, « par déformation de Raminagrobis *xxxix*, le chat de La Fontaine, vous savez » au matou. Virginie espérait que ces six mois d'éloignement dans le quartier Montsouris épuiseraient les éventuelles recherches de ses éventuels poursuivants mafieux.

Chapitre SEPT

Malik

2 novembre 2017

Raminagrobis sur ses genoux attendait les caresses de Virginie comme un pacha. Le soir, il attendait son retour comme un homme au foyer, posté à heure fixe derrière la porte avec un ponctualité étonnante. Si elle rentrait avec retard, il faisait la tête et ne redevenait aimable qu'après son repas. C'était un mâle possessif mais volage. Il ne sembla nullement déprimé du départ de sa maîtresse. « Vous verrez, il est facile à vivre… Si vous faites tout ce qu'il veut » avait été le viatique elliptique de sa maîtresse apparemment immédiatement oubliée.

- Elle est où ta maîtresse ? Demanda Virginie au chat. Voilà plus d'une semaine que je n'ai eu de message de sa part. J'espère qu'il ne lui est rien arrivé.

Christine envoyait un mail chaque jour à Virginie. C'était une chronique des jours passés à arpenter les flots à la recherche de navires en perdition. Les jours où le semi rigide Mare Nostrum sauvait des vies étaient éprouvants mais Virginie entendait l'énergie que tirait la mère de sa mission humanitaire. Les jours les plus néfastes étaient ceux où ils avaient patrouillé en vain, ou pire encore découvert, une barcasse renversée et vide de ses occupants. Les bénévoles de Mare Nostrum se sentaient coupables de ces morts qu'ils auraient pu empêcher s'ils avaient été sur zone. Christine disait sa crainte de rentrer bientôt, la mission devant s'achever mi-novembre car les tempêtes d'hiver ne permettaient plus au Zodiac de prendre la mer. Seuls les navires de haute mer de l'opération Frontex intervenaient alors. Le flot de réfugiés se réduisait aussi l'hiver. Même les trafiquants d'homme avaient peur d'y laisser leur peau. Ils entassaient les réfugiés dans des prisons, prétendument des refuges, les stockaient en attente de les lancer sur les flots moins perfides qu'eux. Des hommes se vendaient pour quelques euros à la journée. Les journaux dénonçaient même une forme d'esclavage. Le Président français Emmanuel Macron fit un grand discours mais la mer ne rendait pas les corps des noyés.

- Demain, je téléphonerai au bureau parisien de Mare Nostrum. Expliqua Virginie au chat.

Quelqu'un sonna à la porte. Virginie ne recevait aucune visite. L'appartement n'avait pas de concierge. En cette soirée du 2 novembre, Jour des morts, le quartier et tout Paris s'étaient vidé de ses habitants. L'immeuble était silencieux. Virginie aimait cette solitude, quand cessaient les bruits d'eau, les sons confus de familles riant, de couples se disputant. Les voisins du dessus étaient un jeune couple qui copulait bruyamment en rentrant de boite de nuit. L'été, le bruit de leurs ébats résonnait dans la cour intérieure et entrait par les fenêtres ouvertes, réveillait Virginie. La vie continuait pour d'autres constatait simplement Virginie qui se levait et prenait son café à trois heures du matin, profitant de cette insomnie pour avancer dans ses travaux pratiques de codage pour TECH. Entre ses permanences au Starbucks et ses cours, elle était toujours en manque de sommeil. Les cris de la fille lui étaient un champ du coq, s'amusait-elle.

Le carillon tinta à nouveau. Raminagrobis râla de se retrouver par terre et lui tourna le dos, se désintéressant ostensiblement de cette intrusion dans leur vie bien réglée.

A la porte se tenait pourtant sa propriétaire. Mincie, les cheveux encore plus blancs du hâle marin, flottant dans une grande parka jaune. Christine laissa tomber son sac marin pour prendre Virginie dans ses bras.

- C'est moi, Jonas sauvé des eaux !

Christine entra d'un pas décidé appelant son chat qui ne daigna pas répondre. Derrière elle, sur le pas de la porte se tenait un jeune homme africain très beau. Il semblait attendre, mais en vain, d'être présenté.

- Sale cabotin ! Il a un caractère de cochon ce chat. Il va me faire la tête plusieurs jours pour l'avoir abandonné.

Agitée et prolixe, elle se retourna vers Virginie, surprise de son silence.

- Oops ! J'ai oublié de te présenter Malik. Malik, Virginie. C'est, c'était, l'amie de mon fils. Je t'en ai parlée. C'est maintenant ma fille adoptive comme tu es mon fils adoptif.

L'excitation de la mère de Paul inquiéta Virginie. Christine semblait sous amphétamine !

- Je n'ai pas dormi une minute dans l'avion. Je suis un peu 'speed' expliqua spontanément Christine.

Le jeune homme tendit la main à Virginie. La peau de sa main était douce, sèche, comme usée, non plutôt comme frottée de papier de verre. Aucun cal, de longs doigts délicats. Le contact troubla Virginie. Malik sourit modestement et entra.

- Il va vivre ici avec nous. Il dormira sur le canapé du salon. Nous avons été sauvés ensemble. J'ai obtenu sa garde le temps de lui faire obtenir le statut de réfugié. Dès lundi, on monte un dossier de demande d'asile.

Devant un plat de pâtes préparé par Virginie et une bouteille de Cornas triomphalement sortie par Christine d'un cagibi, celle-ci raconta son Odyssée. L'aviso italien de Frontex avait, guidé par le signal GPS de son téléphone UHF, retrouvé leur trace malgré la tempête. Tous les migrants avaient pu être transbordés et remis aux autorités d'immigration italiennes du port de Lampedusa La réglementation européenne fait du premier pays touché celui qui a la responsabilité d'accueillir ou refuser les non européens entrant dans l'espace Schengen. Le référent italien de Mare Nostrum était venu la prendre en charge et c'est alors qu'elle avait demandé et obtenu, grâce à la crainte du battage médiatique de Mare Nostrum, en cas de refus, la garde de Malik et leur rapatriement sur la France.

- Malik est Abyssin, Erythréen plus précisément. L'Erythrée, un pays mythique ! La reine de Saba ! La légende raconte que Ménélik 1er, fils du roi Salomon et de la reine de Saba aurait ramené l'Arche d'alliance dans le Royaume d'Aksoum, un des grands empires, l'égal de Rome, de la Perse ou de la Chine avec laquelle il commerçait ! Le pays est aujourd'hui sous le joug de Issaias Afeworki le leader du FPLE *xl*, celui-là même qui avait obtenu en 1991 l'indépendance à l'issue d'une guerre épouvantable avec l'Ethiopie. Son régime est une dictature terrible.

Christine se versa une grande lampée de Cornas pendant que Virginie et Malik échangeaient en catimini un regard amusé de l'exaltation de leur hôte.

- Je devrais pouvoir obtenir pour Malik le statut de réfugié politique. On ira au GISTI *xli* une association de juristes bénévoles spécialistes en droit de l'immigration que m'a recommandé Mare Nostrum. Malik parle français, ce qui est une chance. Il est chrétien de l'Eglise Erythréenne orthodoxe. Il a été catéchisé enfant par des missionnaires français qui lui ont apporté le français avec le Bon Dieu, blagua Christine.

Malik raconta alors son histoire dans un français très littéraire.

- Il parle la langue de Senghor » Commenta, professorale, Christine à la fin de son récit.

Virginie qui s'était jugé indigne de pleurer sur Paul, sentit les larmes couler sur ses joues au récit du jeune Erythréen. Il avait traversé des déserts de pierre et subi la cruauté folle des hommes avec la foi des Justes. Mais, comme Job, il n'avait pas rejeté Dieu malgré le Mal qui le frappait. Il n'en faisait pas gloriole. Pour lui, sa foi était une évidence. La guerre, la famine, les exactions des milices étaient des épreuves qu'il avait endurées sans que sa confiance en un futur meilleur en ait été brisée. Il était témoin du Mal mais il ne le jugeait pas. Dans ses yeux innocents, Virginie lisait la force et la fierté d'une race qui avait, depuis la plus haute antiquité, affronté et vaincu bien des envahisseurs.

Au récit du terrible périple de Malik, de la mort qui l'avait épargné à plusieurs reprises, Virginie se sentit bien présomptueuse de penser que sa peine était incommensurable. Il n'y a pas de limite à la souffrance. La mort apparaît parfois comme la seule délivrance. Cette expérience de l'ultime limite de la croyance en Dieu, les Juifs dans les camps de concentration l'avaient faite. Il lui revint, en écoutant le récit du massacre des hommes, des femmes et des enfants de son village, la mémoire des pages d'Elie Wiesel *xlii* , l'histoire de ces déportés qui louent Dieu, « Bénissent l'Eternel » lors de la fête de Roch-Hachana et puis prononcent le Kaddish, la prière des morts sur leurs morts et sur eux-mêmes.

Christine qui avait plaisanté en mécréante d'ancienne soixante-huitarde sur les missionnaires catéchiseurs, fut, comme Virginie, frappée de la piété sereine de Malik. Il conservait une foi d'enfant. Il n'interpellait pas Dieu et pardonnait aux hommes.

- Vous semblez étonnées de ce que je n'ai pas rejeté Dieu mais, voyez, je suis là, ici à Paris ! Je viens de manger un excellent plat de spaghettis servi par deux amies, l'une qui m'a sauvé et adopté, l'autre qui est ma sœur maintenant. Merci à toutes les deux. La vie est belle !

Les paroles de la chanson « Gracias a la vida » de Mercedes Sosa *xliii* vinrent à l'esprit de Virginie. Pour la première fois depuis le suicide de Paul, elle cessa de se complaire dans la contemplation égotiste de sa propre douleur pour entendre la douleur du monde apporté du bout du monde par ce Jonas moderne. Malik était une leçon de vie pour elles deux. Sa survie leur permettait de faire leur deuil. D'ailleurs, Christine le dit à sa manière :

- Non. Merci à toi, Malik. Je ne suis pas croyante mais il était écrit quelque part que je devais traverser ces mers pour te rencontrer toi qui ressemble au fils que j'ai perdu. Qui lui ressemble non par les traits mais par l'âme. Vous avez tous les deux le cœur bon. Paul aimait les hommes aussi. Il en est mort peut-être de n'avoir pas été un loup mais un agneau. Voilà que je me mets à parler comme une catho, plaisanta-t-elle. Il est temps que j'aille me coucher. Virginie, tu connais la maison. Je te laisse dresser un lit sur le canapé du salon pour Malik. Vous n'êtes pas obligés de me rejoindre chez Orphée tout de suite. Il reste un fond de Côte du Rhône.

Les deux jeunes gens lui souhaitèrent bonsoir et desservirent en silence la table. Virginie se sentit troublée de se trouver seule dans la nuit avec un presque inconnu, un homme.

Je suis devenu vraiment farouche et vieille fille, se houspilla Virginie, se reprochant cette gêne. Malik était son frère d'adoption !

Le lit dressé, elle dut faire face à un dilemme majeur, lui dire bonsoir en lui serrant la main, bien cérémonieux, lui faire la bise à l'occidentale, au risque de le choquer, car il était peu probable que ce fût une pratique entre jeunes Erythréens. Ce débat intérieur dissimulait, réalisa-t-elle, un désir caché. Scandaleusement, elle avait envie de ce garçon. Son corps de femme, sevré de caresses depuis des mois revivait en sa présence. Elle eut horreur de cette lascivité. A la trahison de la mémoire de Paul s'ajoutait la culpabilité d'une attirance incestueuse. Malik est ton frère, se répétait-elle pour refouler la pulsion. Elle s'inventa alors une excuse avec toute l'habilité d'un sophiste. Tu ressens le besoin de te donner à lui par amour fraternel justement, pour le réconforter de ses peines, un peu comme on donne à boire à l'assoiffé.

Trêve de jésuitisme, tu as envie de coucher ma fille, lui dit sa voix intérieure.

Ce soliloque intérieur ne dura qu'un instant. Malik bailla et prit les devants :

- Bonne nuit Virginie, à demain.

- Oui, bonne nuit Malik, répondit, honteuse, Virginie.

Chapitre HUIT

Pardon

Novembre 2017

Un soir, Christine revint ravie pour le dîner qui les réunissait tous les trois. Christine sortit de son sac une bouteille de champagne en riant de la surprise des deux jeunes gens.

- Le champagne c'est pour fêter deux grandes et heureuses nouvelles. Le conseiller du GISTI, un jeune auditeur au Conseil d'Etat, très sympathique, que j'ai consulté cette après-midi, est confiant sur le cas de Malik. Selon lui, il devrait pouvoir obtenir le statut de réfugié politique. Il a déjà obtenu pour lui le statut provisoire de demandeur d'asile auprès de l'OFPRA *xliv*. Ce statut vaut visa de séjour pour les six prochains mois, le temps que la décision soit rendue.

- Virginie pressa spontanément la main de Malik qui sourit. Christine joua de leur curiosité en laissant un silence avant d'annoncer la seconde nouvelle.

- Et… relança Virginie.

- Et, j'ai hérité ! J'ai reçu un courrier du notaire chargé du règlement de la succession de feu mon ex-mari. Il avait constitué une confortable assurance vie au bénéfice de Paul. J'en suis de droit la bénéficiaire, paraît-il. J'avais l'été dernier repéré une petite maison de pêcheur en vente sur l'île d'Arz quand j'y avais fait mon stage de Tai-chi. Bien au-delà de mes moyens à l'époque mais j'ai toujours rêvé d'une maison sur un île en Bretagne. Un vieux fantasme depuis l'époque de ma vie aux Glénans comme monitrice. J'ai appelé le notaire de Vannes qui a le mandat du vendeur. J'ai fait une promesse d'achat et lui ai demandé de constituer une SCI au nom de VM qui en sera propriétaire, je n'en garderai que l'usufruit mais il y a trois chambres.

- « VM » ? interrogea Virginie

- « Virginie et Malik », cette maison est pour vous et vos enfants, répondit Christine comme une évidence.

Devant la surprise et la gêne des deux nouveaux propriétaires, Christine précisa gaiement :

- Enfin, les enfants, vous les aurez avec qui vous voulez. Bien que je sois certaine que vous me feriez tous les deux de beaux petits-enfants !

Malik rougit plus encore que Virginie à cette boutade.

- Il me reste même encore des sous pour financer vos études. Elle n'est pas formidable la vie ? Nous partons ce week-end pour que vous visitiez l'île que vous ne connaissez pas. Si la maison vous plait, je signe la promesse de vente dans la foulée.

- Comment te remercier ? interrogea Malik.

- En étant heureux et un homme bien comme Paul. Répondit avec sérieux Christine.

Des larmes coulèrent silencieusement sur son visage. Virginie et Malik s'assirent à ses côtés sur le sofa et lui prirent chacun une main. Ils restèrent ainsi un instant laissant leurs cœurs s'étreindre de leurs peines secrètes. Malik ne parlait jamais de sa mère violée et massacrée par les miliciens et de ses petits-frères tués sous ses yeux mais son regard se perdait parfois dans un abîme intérieur. Virginie réalisa combien le timbre de la voix de la mère de Paul lui rappelait Paul mais, c'était un étrange réconfort ; Paul revivait à travers sa mère, sa mère qui transmutait sa peine en amour pour les deux jeunes gens. Ô combien elle méritait d'être aimée cette Mère courage ! Pensa Virginie.

- Allons, allons, nous n'allons plus pleurer maintenant. Sabrons le champagne ! Malik, c'est à toi de le faire. Tu es l'homme de la maison et le Roi avec ses deux dames.

Pendant que Malik s'activait de son mieux avec le bouchon, Christine expliqua à Virginie :

Malik, cela veut dire roi en langue arabe. Mélék en hébreu. Curieusement, mais sans rapport sémantique, il existe un prénom groenlandais, Malik, qui signifie « vague ». Etonnant, non quand on pense aux circonstances de notre rencontre. On pourrait aussi t'appeler Jonas, hein Malik !

Ils trinquèrent tous les trois.

Virginie dit alors :

- S'il te plait, je voudrais te demander quelque chose.

- Oui ?

- Plutôt que VM, pourrais-tu nommer la SCI « PVM » ?

Christine embrassa sur la joue Virginie en répondant :

- C'est gentil à toi de le proposer mais Paul, toi et moi, l'aurons toujours dans notre cœur. Il est enterré face à la mer dans le petit cimetière de l'île d'Arz où j'avais acheté pour moi une concession, n'imaginant pas partir après lui... A l'aube, nous irons mettre sur sa tombe un bouquet de fougères pour paraphraser Victor Hugo *xlv*. Mais il faut laisser les morts enterrer les morts *xlvi*. Laissez-moi la tristesse, mes enfants, la vie est devant vous, la mienne derrière moi bien que vous avoir tous les deux ici m'est d'un grand réconfort et m'a empêché de devenir folle de douleur.

Cet aveu de sa détresse profonde qu'elle cachait sous une activité de chaque instant pour eux et pour Mare Nostrum, fut douloureuse pour elle à avouer.

Le jeudi précédant leur départ en TGV pour la Bretagne, Virginie dut repasser à sa studette pour récupérer un vieux jean et un chandail chaud convenant mieux au vent et au crachin bretons. Depuis cinq mois déjà, elle vivait chez Christine n'ayant pas de courrier à relever ou de plantes à arroser chez elle. Les occupants des deux autres chambres de bonnes, un étudiant et une femme de ménage portugaise toujours de bonne humeur, étaient absents en cette fin de matinée, l'un à ses cours, l'autre à son service chez les richards du troisième étage. Virginie introduisit sa clé dans la serrure mais la porte céda. La peur qui l'avait quittée depuis son déménagement provisoire la frappa à la nuque. La minuscule pièce était dévastée. Chaque objet avait été bousculé, les livres de sa petite bibliothèque renversés. Sur le mur chaulé, une main avait écrit au feutre rouge : « On saura te retrouver si tu ne fermes pas ta petite gueule ! ».

Virginie s'enfuit. Elle se retourna à plusieurs reprises dans le métro de crainte d'être suivie. Elle imita même les techniques vues dans de films d'action, sortant précipitamment du wagon quand les portes se refermaient pour voir si d'autres voyageurs l'avaient imitée. Multipliant les correspondances, elle mit deux fois plus de temps pour rejoindre l'appartement de Christine.

Christine prit, avec son étonnante capacité de décision, les choses en main dès qu'elle fut informée du cambriolage et de la menace :

- Bon, on arrête de jouer. Tu vas vivre ici chez moi dorénavant. Dès janvier, tu t'installes sur l'île. On te trouve une école d'informatique sur Vannes et on résilie ton bail parisien. Je ferai récupérer par un déménageur tes objets personnels. Préviens tes parents. Moi, je dois rester sur Paris, le temps d'obtenir pour Malik un statut de réfugié et si, par malheur, cela ne marche pas, trouver une alternative. Malik, si tu en es d'accord, je t'inscris auprès d'une collègue vannetaise en cours particulier pour te préparer au Bachot français. Virginie sera ta répétitrice pour réviser. Vous allez vivre tous les deux sur l'île l'année prochaine. Un bateau fait la navette sur Vannes plusieurs fois par jour. Je viendrai vous voir le weekend. Alors cela vous convient-il ?

Virginie pensa alors à l'image de Paul et Virginie sur l'île déserte narrée par Bernardin de Saint-Pierre. Une anecdote du roman, racontée par Christine, lui revint à l'esprit. Interrogé par Virginie sur la raison pour laquelle les melons présentaient des côtes, Paul avait répondu avec une désarmante logique : « C'est pour que cela soit plus facile à diviser entre les convives » *xlvii*. Cette sotte réponse la fit à nouveau sourire mais elle comprit qu'elle voulait se dissimuler le trouble languide que l'annonce d'une cohabitation avec Malik lui avait causé.

Consciente du trouble silencieux de Malik et Virginie, Christine ajouta :

- Je peux prendre ma retraite anticipée de professeur l'année prochaine. Mon idée est de vendre alors cet appartement ou alors, autre schéma, vous venez y vivre pour vos études et moi j'emménage en Bretagne. On a le temps de voir. L'urgence est de préparer votre déménagement. On va passer le réveillon sur l'île. J'ai un mois pour signer la vente et récupérer les clés. Un peu 'short' mais on va y arriver !

Christine fit plusieurs aller et retour pour tout organiser et Malik et Virginie emménagèrent effectivement le 20 décembre. Les deux jeunes étaient inscrits en cours à Vannes à compter de janvier 2018. La maison de pêcheur construite en 1884 était meublée, la cheminée ramonée. Ils firent les courses aux halles de Vannes, du homard bleu et du bar pour leur réveillon, un champagne rosé et une Coulée de Serran, un sancerre exceptionnel, « une folie tant c'est cher mais c'est une ambroisie, vous verrez » avait décrété Christine.

Novembre et ses tempêtes d'hiver avaient cédé la place à une froidure ensoleillée. Un vent du nord-est fraichissait les visages mais chassait les nuages. Tous trois faisaient de grandes promenades sur les chemins côtiers, traversant un ancien marais salant pour escalader la côte sauvage de granit rose, puis redescendre sur les grèves agitées d'oies Bernache qui s'envolaient en un nuage de cacardements à leur passage.

A la surprise de Virginie qui la croyait agnostique, mais à la satisfaction de Malik qui était pratiquant, Christine annonça qu'elle irait assister au service religieux à l'église pour la messe de Noël.

- J'ai fait la connaissance du Recteur comme ils disent ici. C'est le Père Luc, un vieux curé « plein d'usage et de raison », Du Bellay *xlviii* pour votre culture, jeunes ignares, plaisanta-t-elle pour moquer sa manie professorale de citations littéraires. Le pasteur prononcera une dévotion pour Paul la nuit sainte. Il m'avait reçu très gentiment au presbytère avant les obsèques de Paul. Je lui avais demandé s'il accepterait de donner une bénédiction bien que Paul ait mis fin volontairement à sa vie. Il m'avait répondu que « ce n'était pas à lui de juger et qu'il avait confiance dans l'infinie compassion du Christ ». Nous avions beaucoup parlé. Il va sur ses quatre-vingt-dix ans. Il a accompli son ministère pendant près de vingt ans en Afrique. Un saint homme, en vérité. J'ai pu pleurer avec lui, cela m'a fait du bien.

Virginie déclara qu'elle souhaitait assister aussi à la messe de minuit qui, compte tenu de l'âge moyen des paroissiens, se tenait en fait à sept heures sur l'île. Elle serra à la fin de l'office la main du Père Luc qui lui dit doucement :

- Ma porte vous est ouverte si vous avez besoin, comme la mère de Paul, de parler de votre chagrin.

Virginie hésita mais se décida à frapper à la porte du prêtre qu'elle surprit assis devant un match de rugby un verre de muscat à la main. Pour s'excuser, il plaisanta :

- Je suis natif de Mont-de-Marsan. Le rugby c'est là-bas une religion profane si vous me permettez cet oxymore. Je la pratique à mes heures perdues. Montpellier est en train de se faire mettre une pâtée par Dax, l'informa-t-il en éteignant le poste de télévision.

Virginie parla de Paul, de leur amour si absolu, si entier retardant l'aveu. Et puis elle se lança, parla de sa « trahison », de sa « faute » qui avait poussé Paul au suicide. Le vieux curé n'interrompait pas sa confession. La verbalisation de ses dilemmes moraux était la première thérapie, il le savait.

- Je ne suis pas digne de l'affection de Christine. Je lui ai enlevé son fils et je n'ai pas le courage de lui avouer que je suis responsable de sa perte. Même vis-à-vis de Malik, je me sens souillée, de trop, avec eux qui ne sont qu'amour. Malik, il est un peu amoureux de moi, je m'en rends bien compte, mais comment puis-je accepter son amour alors que je me déteste de ma lâcheté ?

- Malik a un cœur immense. Votre belle-mère m'a parlé de lui, de vous aussi. Malik a besoin non pas d'oublier ce qu'il a enduré - rien ne lui rendra ses parents - mais il doit vivre et la haine n'est pas un moteur. Une jeune femme juive qui s'appelait Etty Hillesum *xlix* a voulu partager le sort des autres Juifs hollandais que les nazis déportaient. Elle a eu confiance en la vie et remercié Dieu au moment même d'être emmenée par le convoi pour Auschwitz.

Il se leva pour prendre un livre de poche dans sa bibliothèque. L'ouvrage était corné et des passages soulignés d'un trait de stylo. Il chercha un passage.

- Elle dit quelque part dans le Journal qu'elle a tenu jusqu'à sa déportation, … Ah ! Oui c'est là : « C'est tellement facile ce désir de vengeance. On vit dans l'espoir de ce moment de vengeance. Mais cela ne nous apportera rien ». Malik l'a compris. Elle écrit aussi et cela c'est pour vous : « J'ai appris qu'en supportant toutes les épreuves, on peut les tourner en bien ». Tenez, je vous le prête. Lisez-le, vous-y trouverez, j'espère des raisons de vous pardonner car, pardonner est souvent plus aisé que de se pardonner.

Le visage intelligent et le regard droit d'une jeune femme la regardait sur la couverture du livre de poche. Virginie remercia le prêtre. La quittant à la porte de son presbytère, le Père Luc ajouta :

- Vous devriez vous confier à la mère de Paul. Connaître la raison de la mort choisie par Paul l'aidera à faire son deuil. Vous savez, Paul, c'est moi qui l'ai enterré ici dans notre « cimetière marin » *l* comme l'appelle sa mère. Nous n'étions que quatre dans l'église. Paul, sa maman, moi et une paroissienne qui alerté par le glas était venue par curiosité. Vous n'avez pas le droit de refuser à la mère de Paul cette vérité. Par charité chrétienne, si vous me permettez cette formule un peu solennelle, pour elle et pour vous-même, enlevez-vous cette pierre qui père sur votre cœur à toutes les deux.

Virginie quitta le Père Luc fort troublée. Elle lut dans la nuit le Journal de cette 'sainte juive' soulignant des passages fulgurants : « Si Dieu cesse de m'aider, ce sera à moi d'aider Dieu ». Le lendemain, elle se décida à ne pas tromper la confiance du Père Luc et prétexta une promenade sur la grève avec Christine pour se confier. Malik opportunément avait des « devoirs à la maison » que Christine très « prof » en la circonstance corrigeaient consciencieusement ensuite à l'encre rouge.

Les deux femmes marchaient en silence depuis une vingtaine de minutes quand Virginie proposa de s'assoir sur un banc face au lavis grisâtre de la mer.

- Christine, il faut que je t'avoue quelque chose…

- Oui, quoi, répondit sans alarme apparente Christine

- C'est de ma faute si Paul s'est suicidé !

Cet aveu fait abruptement, Virginie raconta d'une voix pressée son « idée folle » de faire à Paul « le cadeau dont il rêvait. Un Proust dans La Pléiade » avec l'argent de sa prostitution et comment les choses avaient mal tourné, la violence de son client, le viol, sa fuite. Elle scellait les détails les plus sordides de « sa passe », non par pudeur, mais pour épargner la mémoire de son suborneur qui était l'ex-mari de celle à qui elle se dévoilait, qui était le père de Paul. Elle mettait toute la culpabilité sur elle. Sa trahison, l'horreur d'avoir accepté de livrer son corps à un inconnu trompant l'amour si pur de Paul. Elle était son propre accusateur, ne prétextant aucune excuse pour alléger la condamnation qu'elle avait rendue contre elle-même. Seule la souffrance morale de son infamie lui permettait de survivre, affirma-t-elle.

Christine la laissa parler, ne l'interrompant pas. Prenant enfin ses mains que Virginie tourmentait en sa confession, elle dit :

- Merci de m'avoir fait la confiance de me dire tout cela. Je n'apprends rien mais je suis heureuse que tu aies eu le courage de te libérer de ce fardeau en parlant.

- Comment cela tu n'apprends rien ? Interrogea stupéfaite Virginie

- Non, je n'apprends rien. La police m'a fait visionner la vidéo des débauches de « Roméo123456 ». Il aurait dû choisir le pseudo

« Roméo1955 » cela aurait été plus honnête... Moi, je suis née en 1956 ; plus assez jeune pour lui apparemment puisqu'il lui fallait de la chair fraiche à ce prédateur. Virginie, cesse de te tourmenter. Le criminel, c'est lui. Le coupable, c'est lui. Le violeur, c'est lui. Le Diable, ou le hasard si tu préfères, l'a mis sur ta route. Ton amour pour Paul n'est pas en jeu. Il n'est pas entaché par cette erreur. Tu as péché par amour non par concupiscence. Quand tu es entrée dans l'appartement de Paul le surlendemain de sa mort, je ne savais rien. C'est après, à la PJ, que j'ai tout de suite reconnu ta voix avant même de te voir. Mais je t'avais déjà pardonné parce que j'avais trouvé la carte d'anniversaire jointe à la Pléiade. Paul m'avait annoncé, quelques semaines auparavant, lors d'un déjeuner, qu'il voulait me présenter « la femme de sa vie ». Il m'avait montré une photo de toi sur son smart phone. Il m'avait dit que tu devais bosser pour payer tes études, que tu refusais qu'il te paye ton « kebab frites ». Il admirait ton courage et ton énergie. Quand j'ai découvert la Pléiade dans sa chambre, j'ai compris à quoi le billet de 200 € avait servi et je t'ai immédiatement pardonné mais je ne t'ai rien dit quand je t'ai retrouvé, malgré toi, car j'avais compris pourquoi tu m'avais donné un faux numéro de téléphone. Je voulais que ce soit toi qui m'avoues cette sottise pour pouvoir te pardonner à toi-même. Il faut te pardonner maintenant, Virginie, car, moi, je t'ai pardonnée il y a longtemps déjà.

Virginie pleura alors, les mains dans celles de Christine. Les deux femmes repartirent ensuite rejoindre Malik qui avait préparé une flambée pour réchauffer les marcheuses. Il lut sur le front de Virginie une clarté nouvelle. Elle semblait sereine, moins dans la gaité parfois forcée qu'elle s'imposait parfois pour être à l'unisson des deux autres.

Chapitre NEUF

Regain

Décembre 2017

La veille du Réveillon, tous trois étaient réunis autour du feu de bois de chêne. La conversation languissait un peu dans la torpeur des punchs de rhum ambré. Christine sembla hésiter et chercher se mots pour leur demander avec une timidité qui tranchait avec son allant habituel :

- Cela vous ennuierait-il que nous ayons un invité pour la soirée de réveillon ?

- Non, bien sûr que non répondirent d'une seule voix les deux jeunes.

- Qui ? Le Père Luc ? Tenta Virginie.

- Non, il était pris pour les fêtes par sa famille. Non, un ami, un ancien mono des Glénan avec qui j'ai fait la bringue au temps de ma folle jeunesse. Je l'ai retrouvé par hasard le mois dernier sur la navette lors du déménagement. Il m'a donné un coup de main. A vrai dire, on a un peu flirté à l'époque… Il est veuf et est venu se retirer ici. J'ai pensé que ce serait gentil de l'inviter. Qu'en pensez-vous ?

Virginie et Malik échangèrent un regard amusé et s'en déclarèrent enchantés.

« Devine qui vient diner » [li], comme blagua Christine à son arrivée, arriva à six heures pour prendre l'apéritif.

Jean, c'était le prénom du marin solitaire, avait les yeux océan, un regard lointain comme un horizon marin, les traits usés par le vent, un visage qui ressemblait à un vieux paysage boucailleux mais qui s'anima dès que, mis en confiance par l'accueil et, disons-le, égayé par le punch perfide préparé par Christine, il se mit à raconter des récits de voyage sur des mers dont les seuls noms donnaient à rêver.

- Il en a, comme ils disent dans les Tontons flingueurs [lii], ton punch Christine. Qu'est-ce que tu as mis de dedans ? De l'alcool à lamper ?

- C'est du Gløgg *liii* , le vin chaud de Noël danois, éclata de rire Christine.

- Et à part de la nitroglycérine, qu'est-ce qu'il y a dedans ? Relança le marin.

- Que des bonnes choses. Ne fais pas la chochotte, Jean ! De la cannelle, du girofle, de la cardamone, du rhum, de l'aquavit… et aussi un peu d'eau et de sucre.

- Ça tire au moins à 40 ° ton tord-boyaux. Ils l'utilisent comme antigel au Groenland ?

- Tu verras, tu te sentiras comme un Viking après quelques verres.

Tous quatre assistèrent à la messe de minuit. L'église était pour une fois comble. Les familles et les résidents secondaires venus pour les fêtes emplissaient le chœur roman de Notre-Dame de la Nativité. A la fin de l'office, ils saluèrent le Père Luc puis firent les quelques centaines de mètres qui les séparaient de la maison de granit, les deux anciens moniteurs marchant devant, bras-dessus bras-dessous.

La soirée ne fut que rires et plaisanteries entre eux quatre. A minuit, ils s'embrassèrent comme du bon pain. Les deux jeunes un peu paf partirent se coucher. Les deux 'anciens' annoncèrent alors vouloir boire le coup de l'étrier devant la dernière buche et leur souhaitèrent bonne nuit. Le lendemain matin, Virginie se surprit, en descendant à huit heures pour le petit-déjeuner, de ne pas sentir l'odeur du café que Christine se faisait un principe de préparer avant le lever des jeunes gens. Ce n'est qu'à dix heures que Christine fit son apparition rajeunie de dix ans. Jean la suivait de quelques pas timides, habillé de la robe de chambre de Christine qui, trop courte, lui découvrait les mollets. Virginie et Malik ne purent se retenir d'éclater de rire au spectacle des deux anciens qui semblaient gênés comme des adolescents, ayant commis le péché de chair, surpris par leurs parents. Christine et Jean se prirent par la main. Christine déclara alors en riant : « Selon le proverbe, vieil amour, jamais ne rouille », la preuve !

Sommaire

Table des illustrations

Chapitre 6 – Mafia

Photo anthropométrique de la police de Alphonse Gabriel Capone dit Al Capone 1899-1947 http://mafia.wikia.com/

Chapitre 7 – Malik

Pieter Lastman, Jonas rejeté par la baleine - 1622 - Düsseldorf, Stiftung Museum Kunstpalast - Episode de Jonas 2, 11 – Image : http://utpictura18.univ-montp3.fr/GenerateurNotice.php?numnotice=B0499

Chapitre 7 – Pardon

Pardon de Sainte Anne-la-Palue « Vêtues de leurs parures virginales les jeunes filles portent les bannières à l'Immaculée » - Carte postale ancienne – Le Doaré - Collection Christophe Stener

Chapitre 8 - Regain

Image poster tiré du film Regain de Gabriel Gabrio, (1940), d'après le roman éponyme de Jean Giono (1930) - http://www.masterposters.fr/photographies-pagnol-marcel-60_8568.html

Bibliographie de Christophe Stener

Ouvrages universitaires

Législation financière – 1985 – CFPP du Ministère des finances

Manuel de droit fiscal – 1996 – Editions Masson

Dictionnaire politique de l'internet et du numérique, direction de l'ouvrage collectif, Editions 2011 (préface d'Éric Besson) 2012 (préface de Fleur Pellerin) et 2016 (préface d'Axel Lemaire)

Unity Walkyrie Mitford, la groupie d'Hitler – BOD - 2015

L'Extase, dictionnaire amoureux – BOD – 2017

Le conflit en Irak et en Syrie, expliqué aux lycéens – BOD – 2016 – 2nd édition Novembre 2017

Le péché originel, une aporie féconde – à paraître 2018

Ouvrages de fiction

Eaux mortelles à Vichy, BOD, 2015

Exposée – Djihad 4.0 -BOD - 2015

Double feu – Djihad 4.0 – BOD -2015

14 Juillet – Djihad 4.0 – BOD - 2016

Cartes postales anciennes de l'île d'Arz – BOD - 2016

[i] Mare nostrum désignait pour les Romains le bassin méditerranéen. Nom également d'une opération de la Marine italienne de 2013 à 2014 à laquelle a succédé l'opération européenne Triton du dispositif Frontex de protection des frontières extérieures de l'espace Schengen. Nom romanesque donné à l'ONG.

[ii] Le Radeau de la Méduse, peinture de Théodore Géricault, 1818-1819, Musée du Louvre

[iii] Détournement du titre du livre de Frantz Fanon, Les damnés de la Terre, 1961

[iv] Évangile selon Luc, chapitre 5, versets 1 à 11

[v] Sugar daddy, anglicisme traduisible par Papa gâteau, désigne la relation de prostitution d'une femme (sugar baby) avec un homme beaucoup plus âgé qu'elle – Féminin : Sugar mamy – Sugar boy : gigolo – SugarDaddy est l'un des sites promettant des « relations mutuellement avantageuses » (sic)

[vi] *Fifty Shades of Grey*, romance érotique de E. L. James, 2011

[vii] Molière, *Misanthrope*, (Acte I, scène 2, vers 314)

[viii] Klute, film américain réalisé par Alan J. Pakula sorti en 1971

[ix] « My name is Bond, James Bond » https://www.youtube.com/watch?v=raplvZFysjU

[x] La Vie devant soi, roman de Romain Gary publié sous le pseudonyme d'Émile Ajar le 14 septembre 1975 au Mercure de France et ayant obtenu le prix Goncourt la même année

[xi] Kaa, personnage de fiction du roman *Le Livre de la jungle* (1884) de Rudyard Kipling, qui apparait dans le

long métrage d'animation *Le Livre de la jungle* de Walt Disney Pictures.
https://www.youtube.com/watch?v=wDO_VrKAbIM
[xii] Pretty Woman, film américain réalisé par Garry Marshall et sorti en 1990
[xiii] *Baisse un peu l'abat-jour* : Poème de Paul Géraldy et chanson notamment d'Elyane Cèlis
https://www.youtube.com/watch?v=nXYWvVn93kI
[xiv] Dakini : divinité féminine du bouddhisme vajrayāna ou un « démon-femelle » dans l'hindouisme, importante dans les pratiques tantriques du bouddhisme tibétain.
[xv] Max la Menace, film américain réalisé par Peter Segal, sorti en 2008, et construit à partir de la série télévisée éponyme.
[xvi] Max et les Ferrailleurs, film franco-italien réalisé par Claude Sautet, sorti en 1971
[xvii] Mad Max, film de George Miller sorti en 1979
[xviii] Bible : Genèse 19,26 - Sagesse 10,7 - Luc 17 :32
[xix] Nocher des Enfers dans la mythologie grecque
[xx] The Big Combo, film de Joseph H. Lewis,1955
[xxi] Expression employée par Swann pour suggérer à Odette une étreinte dans Marcel Proust, *À la recherche du temps perdu, Un amour de Swann,* tome I, "La Pléiade", Gallimard, Paris, 1987, p.230
[xxii] Sade, *Justine ou les Malheurs de la vertu*, 1791,
[xxiii] Michel Houellebecq, *Les Particules élémentaires*, 1998
[xxiv] Noire et Blanche, Photographie de Man Ray, 1926
[xxv] Giacomo Casanova raconte dans *Histoire de ma vie*, 1789-1798, son évasion des Plombs (par le toit en plomb) du Palais des Doges à Venise – Titre également d'une BD de Patrick Mallet, Glénat
[xxvi] Georges Clémenceau, *Les Plus forts*, 1898

[xxvii] *La Bohème* opéra de Giacomo Puccini, 1892-1895

[xxviii] « Mi chiamano Mimi », air célèbre de l'opéra *La Bohème* – Interprétation de La Callas sur https://www.youtube.com/watch?v=UgaN3vIqJUY

[xxix] Ecrivain et poète amoureux de Mimi dans La Bohême.

[xxx] Guillaume Apollinaire blessé à la tête et trépané le 10 mai 1916 est représenté par des photographies et un dessin de Picasso

[xxxi] *La Vie devant soi*, roman de Romain Gary sous le pseudonyme d'Émile Ajar publié le 14 septembre 1975 au Mercure de France et ayant obtenu le prix Goncourt la même année

[xxxii] *La Confusion des sentiments*, sous-titrée *Notes intimes du professeur R de D*, nouvelle de Stefan Sweig,1927

[xxxiii] Telegram, messagerie développée par les russes Nikolaï et Pavel Dourov, ouverte en 2013, qui garantit le cryptage des échanges

[xxxiv] VPN, Virtual Private Network, Réseau Privé Virtuel : connexion directe entre ordinateurs permettant notamment de changer l'adresse IP (Internet) de l'expéditeur

[xxxv] Tor, The Onion Routeur, réseau indépendant permettant d'anonymiser les échanges sur internet

[xxxvi] *Lolita*, roman de Vladimir Nabokov, 1955 et films éponymes de Stanley Kubrick 1962 et d'Adrian Lyne 1998

[xxxvii] Troyan horse, cheval de Troie, logiciel installé à l'insu de l'utilisateur d'un ordinateur et permettant le chargement d'autres programmes malveillants : virus, prise de contrôle à distance…

xxxviii IP, Internet Provider, Fournisseur d'Accès Internet, adresse physique de connexion au réseau internet d'une machine

xxxix Raminagrobis, nom donné à un vieux poète par Rabelais dans *Pantagruel*, III, 21 et à un chat par Jean de La Fontaine dans les fables : *Le Chat, la Belette et le petit Lapin*, et dans *Le vieux Chat et la jeune Souris*

xl Front populaire de libération de l'Érythrée

xli GISTI Groupement d'Information et de Soutien des Travailleurs Immigrés https://www.gisti.org/spip.php?page=sommaire

xlii Elie Wiesel, *La nuit, les Editions de Minuit, 1958-Réédité Double Minuit 2007, p. 126s*

xliii Gracias a la vida, Merci à la vie, chanson de Violeta Parra https://www.youtube.com/watch?v=w67-hlaUSIs Interprétée également par Mercedes Sosa https://www.youtube.com/watch?v=WyOJ-A5iv5I

xliv OFPRA, Office Français de Protection des Réfugiés et Apatrides, https://www.ofpra.gouv.fr/

xlv Victor Hugo, *Demain dès l'aube,* Contemplations, 1856

xlvi Evangile de Luc 9,60 « Mais Jésus lui dit : Laisse les morts ensevelir leurs morts ; et toi, va annoncer le royaume de Dieu. »

xlvii Bernardin de Saint-Pierre, *Études de la Nature*, 11, 1784

xlviii Joachim du Bellay, Les regrets, Sonnet XXXI, 1558

xlix Etty Hillesum, *Une vie bouleversée*, Seuil Points, 1985, p. 105, 169, 201

l Paul Valery, *Le cimetière marin*, 1920

[li] Devine qui vent dîner ce soir, film de Stanley Kramer, 1967 https://www.youtube.com/watch?v=UMx178X-1BY
[lii] Les Tontons flingueurs, film de **George Lautner 1963** https://www.youtube.com/watch?v=_PmBL3YX1dc
[liii] Recette de Gløgg, prononcé « gleug » sur http://www.flaneriesgourmandes.com/blog/?id=5nso1qs5